ROBERT LEBECK (Hrsg.)

BUSEN, STRAPSE, SPITZENHÖSCHEN

Busen, Strapse, Spitzenhöschen

Erotische Postkarten

Herausgegeben von Robert Lebeck
Vorwort von Wolfgang Bühl

Harenberg Edition

Harenberg Edition
Die bibliophilen Taschenbücher Nr. 293
3. Auflage 1991

Gesamtherstellung: Druckerei Hitzegrad, Dortmund
Printed in Germany

Vorboten einer reizenden Revolution

Mit 79 Postkarten aus den riesigen Schätzen eines passionierten Sammlers wird hier ein Stück erotischer Kulturgeschichte belegt. Diese Karten, schon damals als Sammelobjekt hergestellt und «unter der Hand» vertrieben, stammen aus den Jahrzehnten zwischen der Jahrhundertwende und den dreißiger Jahren.

Es sind Fotografien, künstlich im Atelier arrangiert, gelegentlich mit einer Attitüde, die künstlerisch sein sollte, aber in ihrer Effekthascherei eher kitschig ist, es sei denn, daß ein neckischer Frohsinn angestrebt wurde, der auf uns nur noch komisch wirkt. Mit der Wirklichkeit des bürgerlichen Alltags haben die Bilder wenig zu tun: Das Objektiv der Fotografen war alles andere als objektiv. Hinzu kommt, daß viele der Fotografien nachträglich koloriert wurden.

Ein Spiel zwischen fast romantischer Verfremdung und scheinbar unbefangener Heiterkeit verschleiert den Ernst des Themas. Selbst dort, wo die bösen Folgen sexueller Leidenschaft aufblitzen wie auf dem Bild des «armen kleinen Mädchens», das soeben «genommen» worden ist, selbst dort kommt kein Reportagefoto zustande, sondern ein Bild, das ebensogut gemalt auch auf der Tafel eines Moritatensängers hätte erscheinen können, ein Bild zum «gemütlichen» Schaudern, das den bürgerlichen Betrachter nicht wirklich betrifft.

Man erinnert sich heute mit einer gewissen Anstrengung daran, daß diese erotischen Neckereien einst einen sehr ernsten Hintergrund hatten. Fotos wie diese konnte man damals für wenige Groschen in den automatischen Guckkästen bewundern, wie sie etwa in der Berliner «Lindenpassage» standen. Dort haben Jünglinge in Pubertätsnöten und ältere Herren mit schlechtem Gewissen und hochrotem Kopf die Augen an die Okulare gepreßt und sich in die Boudoirs mit den liebesbereiten, halb entkleideten Damen hineingeträumt, ohne sich an der Theaterstaffage oder an der harmlosen Durchschnittlichkeit der Darstellerinnen zu stören. Wenn ab und zu einmal ein Mann auf der Szene erschien, haben sie ihn in seiner Individualität nicht wahrgenommen, sondern sich an seine Stelle versetzt, haben selbst in Gedanken die Schöne verführt oder «genommen».

Erotische Postkarten waren damals ein Ersatz für real nur schwer oder gar nicht erreichbare Freuden, wie es heute die raffinierten Farbaufnahmen der «Herrenmagazine» sind. Die Themen, deren man sich hier wie dort annimmt, sind im Grunde gleichgeblieben. Nur die Darstellung unterlag seit eh und je einem ständigen Wandel.

Zwar spiegeln erotische Fotos stets einen Bereich des Unbürgerlichen, «Unanständigen» und selbst Verbotenen, sind also ein Ventil der Moral. Zugleich jedoch nehmen sie etwas von den Verboten der Moral in sich auf. So wird ein Teil der erotischen Neugier von dem eigentlichen Geheimnis der Sexualität abgelenkt auf die Verhüllungen, die die Sitte verlangt. Die Verhüllung selbst wird zum Reiz, zum Fetisch.

Deshalb beginnt die Sammlung mit Korsetts und Miedern, umständlichen langen Höschen und Unterröcken. Die erste vollständige Nacktheit, die wir erblicken – und die einzige in diesem Album überhaupt –, ist die einer Statuette, einer Nippesfigur, die nur zu gut in all den Plüsch paßt. Ein paarmal wird mit Hilfe eines männlichen Akteurs angedeutet, daß nun die völlige Enthüllung folgen soll, aber die muß sich der Betrachter denken. Wie sehr viel später, beim «frühen Striptease», weckt man mit solchen Bildern eine Erwartung, deren Erfüllung dem Betrachter vorbehalten wird. Dies ist eine «Entkleidungsneckerei», eine spielerische Quälerei, die erregt und mit Enttäuschung endet.

In einem Fall deutet die Unterschrift auf Hintergründe, die das Bild selbst nicht zeigen kann. Ein Mann im Abendanzug umarmt sehr vorsichtig eine Frau, die zwar ihr Kleid abgeworfen hat, im Unterzeug aber noch so angezogen wirkt wie in einem Tugendpanzer. Da sagt er (denn nur aus seinem Mund hätte diese Frage jetzt einen Sinn): «J'attend l'aumône d'un baiser.» Natürlich spricht er französisch; Erotik folgt damals vornehmlich französischen Mustern, und Erotik ist ein bevorzugter Pariser Exportartikel. Die Übersetzung ist vielschichtig wie das französische Original: «Ich erwarte das Almosen eines Kusses» heißt, daß die Dame nicht weiter gehen will oder darf als bis zu der bescheidenen Entkleidung. Nicht nur der Betrachter, sondern auch der Mann in der Szene bekommt nur einen «Almosen» anstelle dessen, was er begehrt.

Es gibt andere Motive: den Mann, der bei der Entkleidung wie unbeteiligt zuschaut, mit der Zigarre in der Hand wie ein Pascha, oder den Verführer, der sich des Sektes als Kuppler bedient. Man wird heute geneigt sein, solche Darstellungen als Beweise für die Erniedrigung der Frau in einer patriarchalischen Gesellschaft anzusehen. Aber so einfach und einseitig war die Lage wohl kaum. Ist da nicht auch der Verehrer, der anbetend kniet? Oder der Jüngling, der in einer Weinlauben-Kulisse mit dem Mädchen seiner Wahl in verliebter Tändelei bei aller Sinnlichkeit schwärmerisch blickt? Offenkundig fand schon der Mann jener Jahre das Problem «Weib» alles andere als leicht.

Meist wird hier ja das «Weib an sich» dargestellt, fern vom Mann in der eigenen Heimlichkeit. Vorwände wie der Strandkorb, der Toilettentisch oder gar das Bett müssen herhalten, um ein «Dekolleté» zu rechtfertigen. Spiegel verweisen aber auf mehr als bloße Schönheitspflege. Sie werden zu Requisiten oder Symbolen der Koketterie und Eitelkeit, der weiblichen Selbstverliebtheit, die zugleich für eine Unerreichbarkeit steht.

Auf den Seiten, die dieses besondere Thema variieren, wird die Darstellung allmählich kühner. Man sieht tatsächlich einmal eine nackte Brust, ein stamm gebeugtes Gesäß. Man sieht moderne Utensilien wie das Telefon oder gar Zeichen einer «Emanzipation» wie die Zigarette in weiblicher Hand. Lippenstift, Creme und Spray tauchen auf. Sind es die ersten Vorboten der «sexuellen Revolution», deren Beginn wir doch erst mit dem Erscheinen der Kinsey-Reports datieren?

Vergessen wir nicht, daß 1905 Freuds «Drei Abhandlungen zur Sexualtheorie» erschienen sind! Ihnen vorausgegangen war die Dokumentation der Perversionen in Richard von Krafft-Ebings «Psychopathia sexualis». Forscher wie Havelock Ellis, Iwan Bloch und Magnus Hirschfeld begannen sich zu Wort zu melden. Arthur Schnitzler stellte in Novellen oder in seinem Theaterstück «Der Reigen» heikle erotische Wahrheiten und Probleme dar. Der Modeautor Leopold von Sacher-Masoch breitete seine «perverse» Lust am «Masochismus» und seine fetischistische Versessenheit auf Pelze vor einem begierigen Publikum aus. Das viktorianische Schweigen, für das es immer schon die Ventile des Flüsterns hinter vorgehaltener Hand gegeben hatte, war endgültig gebrochen.

Moralisten alter Schule könnten nun folgern, es zeige sich wieder einmal, daß man gar nicht erst anfangen dürfe, irgendwelche Fesseln zu lockern; sei erst auch nur ein Riegel gelöst, gäbe es kein Halten mehr. So taucht denn in unserer Sammlung alsbald eine «Schönheitstänzerin» auf, nur mit einem Schurz bekleidet, einem «Cache sexe», der das Geschlecht noch immer kaschiert. Wir sehen sie in einer himmelnden Pose, als bete sie die Sonne, die Liebe oder die Schönheit an. Die Bewegung kann man sich sogar in Ekstase fortgesetzt denken. In zeitgemäßer Stilisierung wird ein uraltes Motiv wiederbelebt, das Motiv der Bacchantin.

Die Künstlerin scheint eine kleinbürgerliche Schwester der «Salome» zu sein, an die Oscar Wilde und Aubrey Beardsley in jenen Jahren erinnert hatten.

Nun gibt es also nicht bloß mehr Nacktheit, sondern auch riskantere Themen. Die Frau mit der Peitsche betritt die Szene. Ihr Requisit ist ebenso theatralisch wie ihre Pose, und natürlich hat man sie nicht so hergerichtet (mit «herrischen Stiefeln»), um eine grausame Überlegenheit der Frau zu demonstrieren, sondern um der Unterlegenheitssehnsucht vieler Männer entgegenzukommen.

Immer wieder schwanken die Vorstellungen zwischen einer Art Angst vor der Frau und einem männlichen Selbstbewußtsein, das sich in der Verfügung über Frauen bestätigt sieht. Da ist der kleine Pascha zwischen zwei doch schon recht weit entkleideten Schönen, ein Student offenbar, der sich mit leichtfertigen Mädchen vergnügt, ehe der Ernst des Lebens und der bürgerlichen Ehe beginnt. Da ist das Mädchen, das verlassen im Heu liegt; eine traurige Miene und verrutschte Kleidung deuten an, das es «genommen» worden ist. Da ist die Parade dreier halbnackter Grazien; für wen anders könnten sie sich so hinstellen außer für Männeraugen?

Da gibt es aber auch allerlei erotische Szenen zwischen Frauen, Quasi-Einblicke in eine Sexualität, zu der kein Mann Zugang hat. Zwar hatte die lesbische Liebe immer einen besonderen Schauwert für Männer, und sie wird ihn vermutlich noch lange behalten. Aber in diesem unversiegbaren Interesse liegt doch auch die Faszination eines Geheimnisses, die Anziehungskraft des Unverständlichen. Wie die Narzißtin, die sich selbst porträtiert, weckt auch die Lesbierin ein männliches Unbehagen. Ist die Frau am Ende doch – unnahbar?

Auf Postkartenfotos ist sie das ganz gewiß! Diese Bilder sind allerdings nicht dazu da, die Wirklichkeit der weiblichen Homosexualität wiederzugeben. Eine Szene im Schuhladen macht deutlich, daß man männliche Erfahrungen in die lesbischen Beziehungen hineingedacht hat; denn hier wird ein Schuhfetischismus angespielt, wie es ihn (fast) nur bei Männern gibt. Eine Tändelei zwischen der Tochter des Hauses und dem Dienstmädchen «übersetzt» ins Lesbische eine Sozialerfahrung, die eher für Bürgersöhne typisch gewesen sein dürfte, die sexuelle Erprobung mit einer Frau, die zwar dienstbar und erniedrigt war, aber doch auch noch zum häuslichen Bereich gehörte.

Die moralische Lockerung, die sich in unserer Bildfolge spiegelt, war natürlich nicht nur die Konsequenz der «Bewußtseinsveränderungen», die mit dem Beginn der Sexualwissenschaften eintraten. Sie ging einher mit einem Wandel der sozialen Verhältnisse. So eröffnete sich vielen Frauen der Weg in den Beruf und damit in eine gewisse Selbständigkeit. In ihrer Arbeit kamen sie öfter und unbefangener mit fremden Männern zusammen, als das den bürgerlichen Mädchen früher gestattet war. Wenigstens eins der Fotos weist auf diese Tendenz hin: das Bild der Stenotypistin mit dem Diktatblock in der Hand und der Schreibmaschine im Hintergrund. Freilich gehört die Szene auch bereits in das Klischee vom «Büromäuschen», das sich der Chef zur Geliebten macht.

Im Zuge dieser Interpretation sind wir weit abgekommen von dem «neckischen» oder gar komischen ersten Eindruck. Gewiß sind die Bilder so ernst nicht gemeint. Man wollte ein erotisches Schauvergnügen bieten, wie es dem Geschmack der Zeit entsprach. Dabei wanderte man auf einem Grat zwischen Kunst und Kitsch, Spaß und Pornographie. Gewiß wollte man «stimulieren», aber vor offener Pornographie schreckte man doch zurück, deutete hin und wieder den Koitus an, stellte ihn aber nicht dar. Nackte oder auch nur halbnackte Männer kommen nicht vor. Keine Frau (außer der Nippesfigur) wird völlig nackt präsentiert. Selbst auf den kühnsten, «modernsten» Bildern geht der wesentliche Reiz vom Kontrast zwischen Körper und Kleidung aus. Für die natürliche Weiblichkeit zeugt einzig der Busen; sonst herrschen Strapse und Spitzenhöschen, Schuhe und Strümpfe, intime Requisiten, lockende Posen. So eindrucksvoll der Wechsel vom Korsett, das alles verbirgt, bis zum «Cache sexe» der Schönheitstänzerin sein mag: Man blieb vor dem letzten Schritt stehen. Die Erotik dieses Albums ist im Grunde ein Fetischismus.

Fetischistische Neigungen haben meist einen nostalgischen Beigeschmack. Sie sprechen eine Vergangenheit an, in der die Liebe interessanter gewesen zu sein scheint, weil sie nur gegen größere Widerstände erreicht wurde.

Können wir heute die alten Fotos in diesem Sinn betrachten? Daran hindert uns wohl die Komik, die sich inzwischen eingestellt hat. Doch liegt das Neckisch-Alberne auch in den Bildern selbst. Mit wenigen Ausnahmen sind sie «heiter» getönt, spielerisch. Mit dieser Art von Humor hat man sich wohl über Probleme hinweggetäuscht. Man spürte Änderungen, die doch auch unsicher machten. Am Vorabend der «sexuellen Revolution», die eine sehr allmähliche Evolution war, begegnete man den Konflikten der Erotik mit einem Lächeln.

Und davon könnten wir heute noch etwas lernen.

Wolfgang Bühl

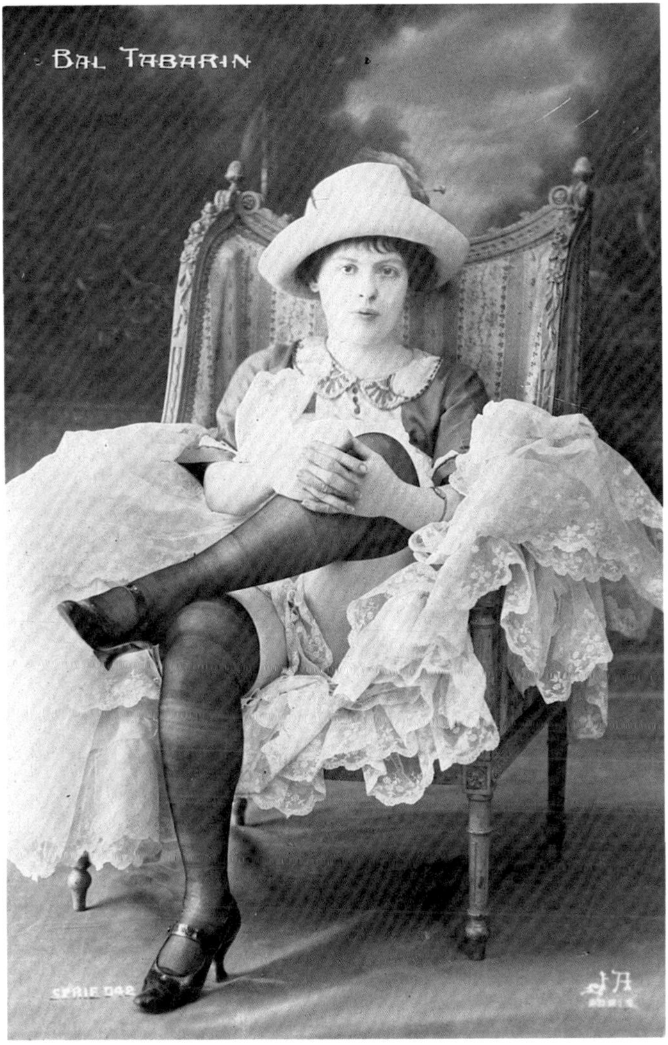
BAL TABARIN

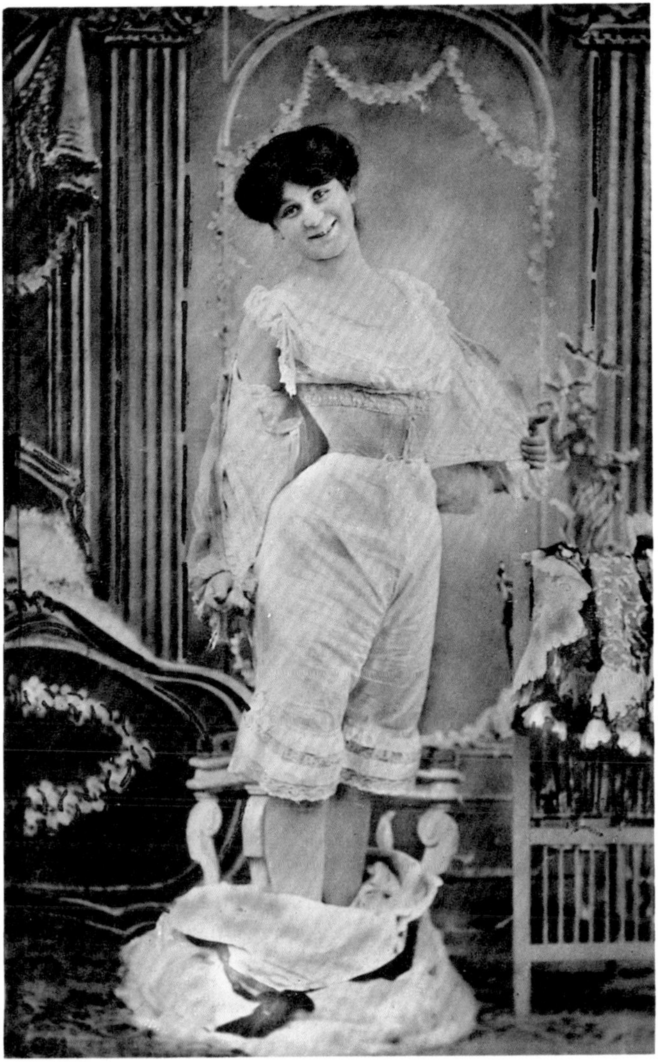

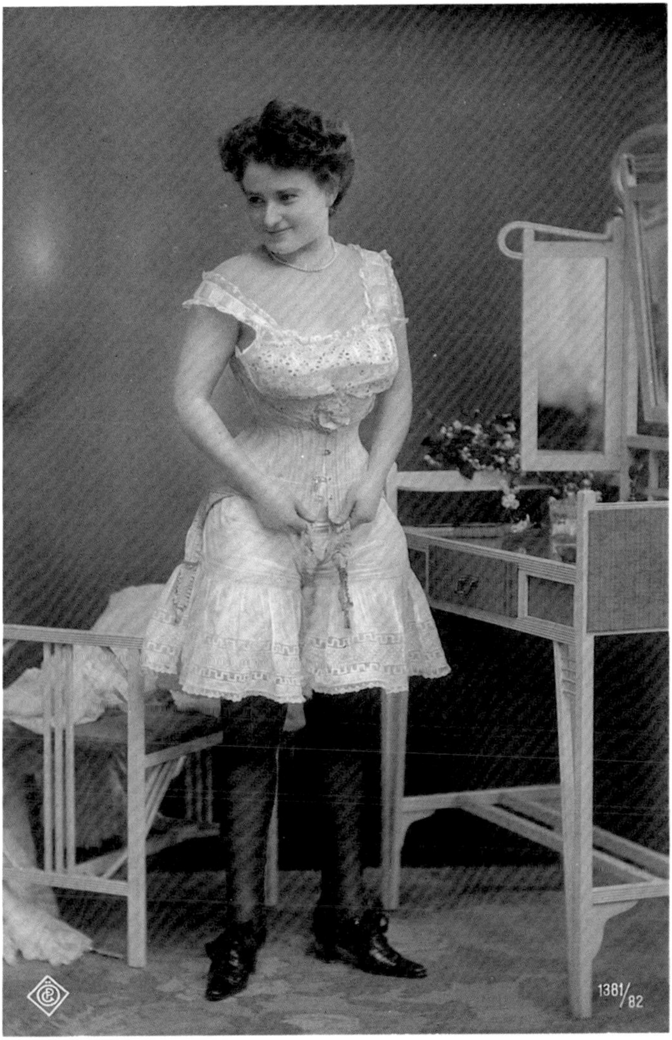
1381/82

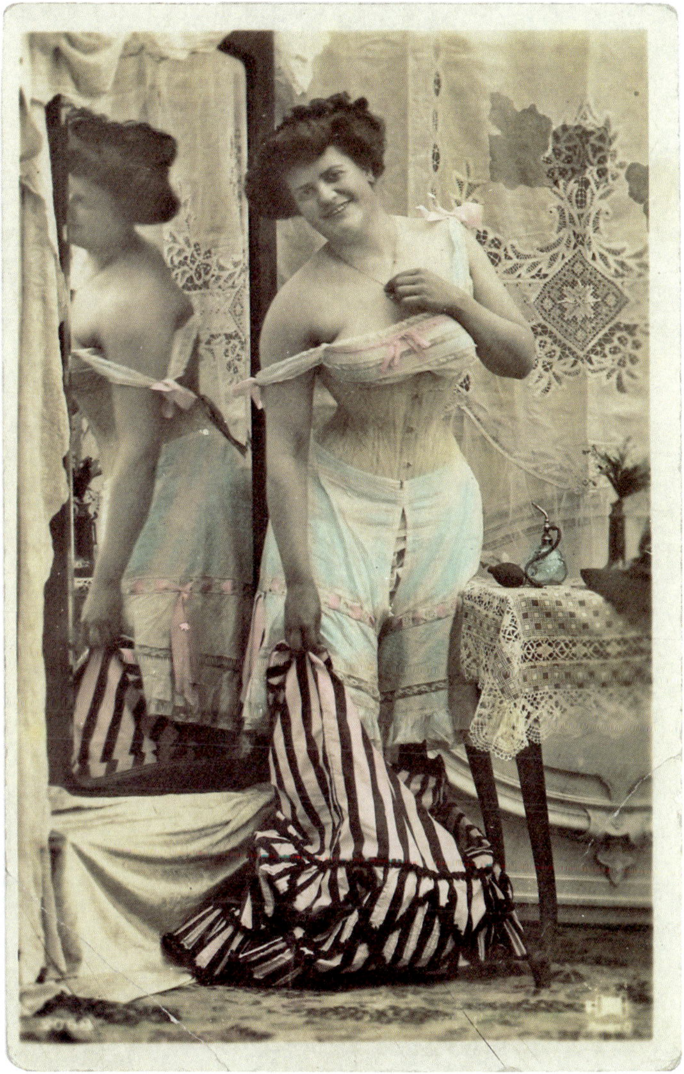

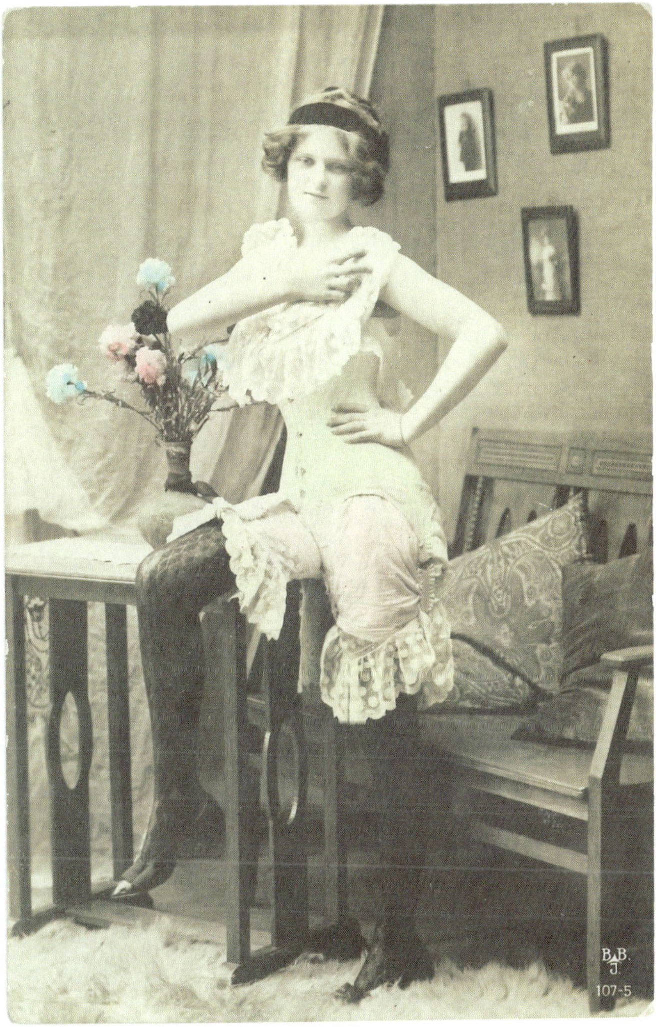
B.B.
J.
107-5

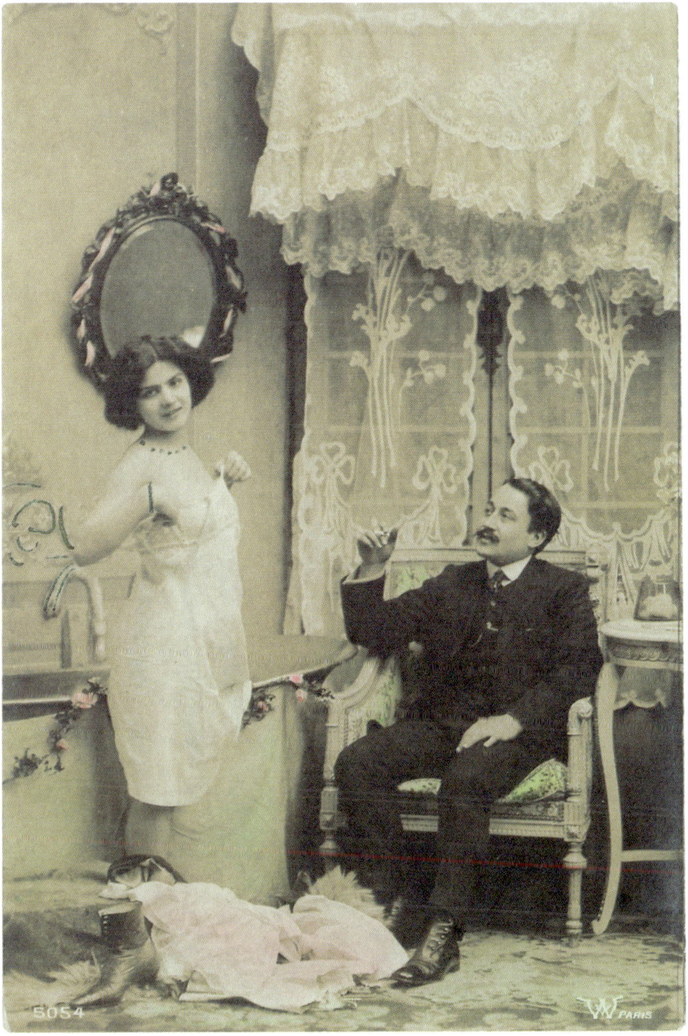
5054
PARIS

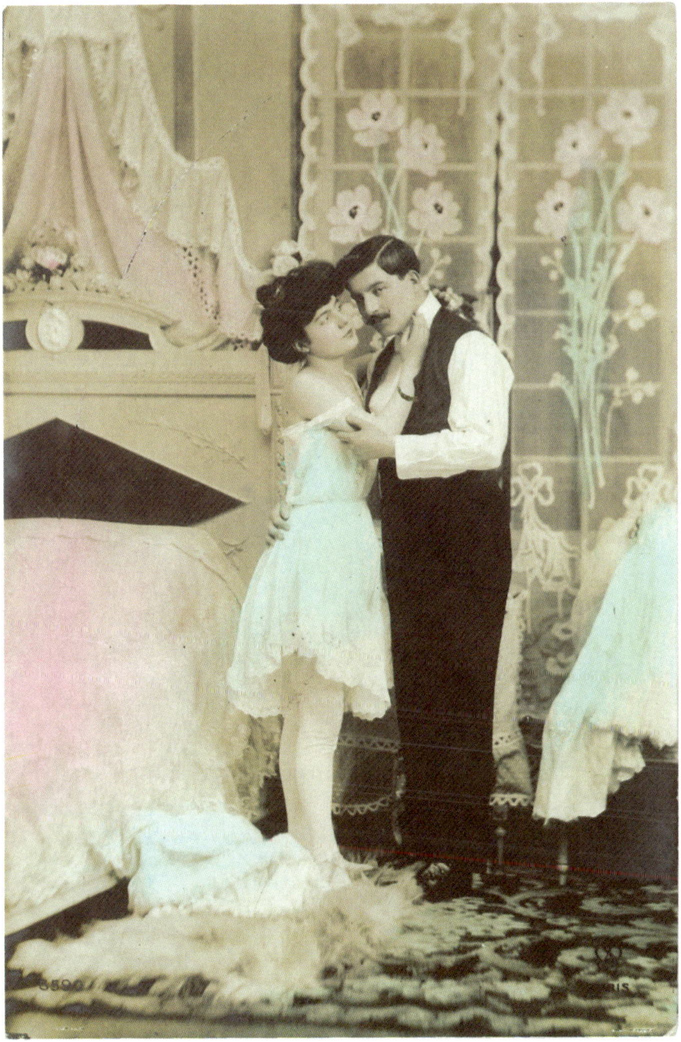

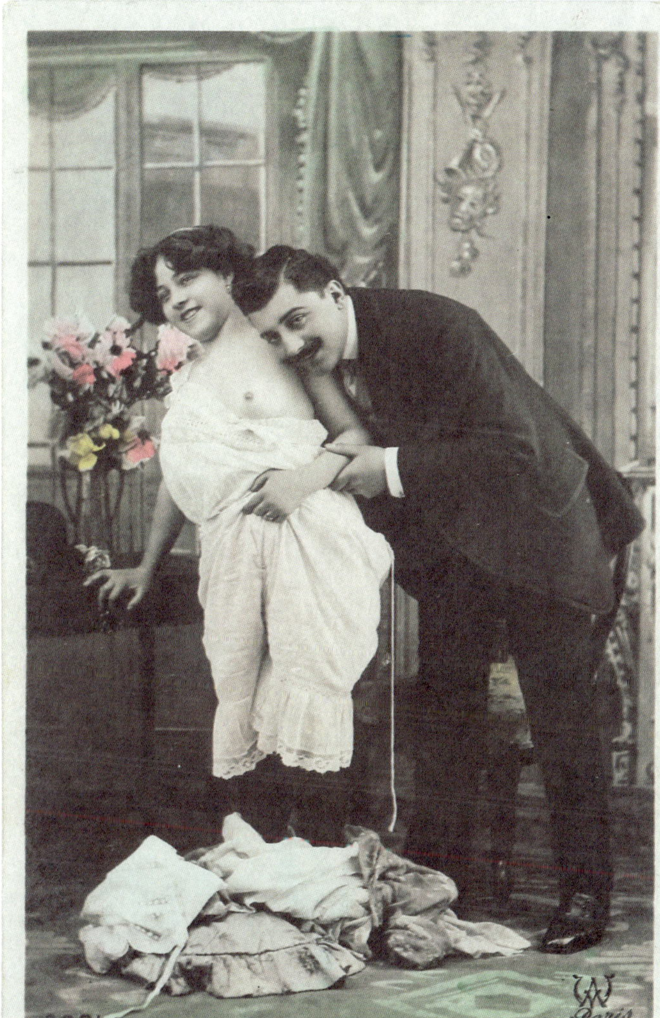
8081
Paris

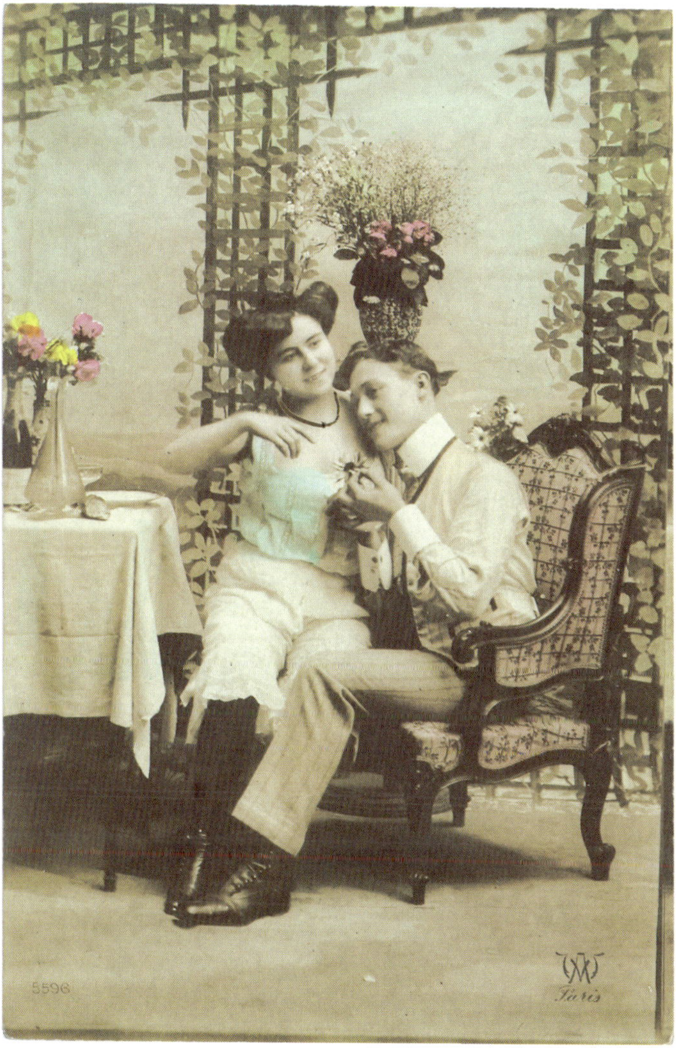
5596
Paris

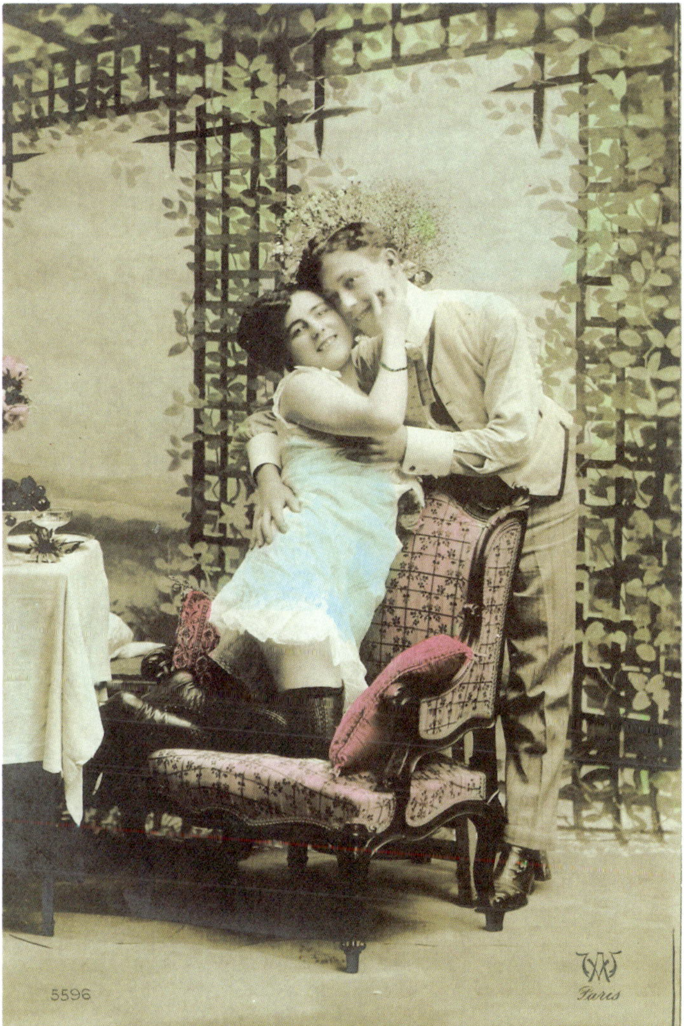
5596
Paris

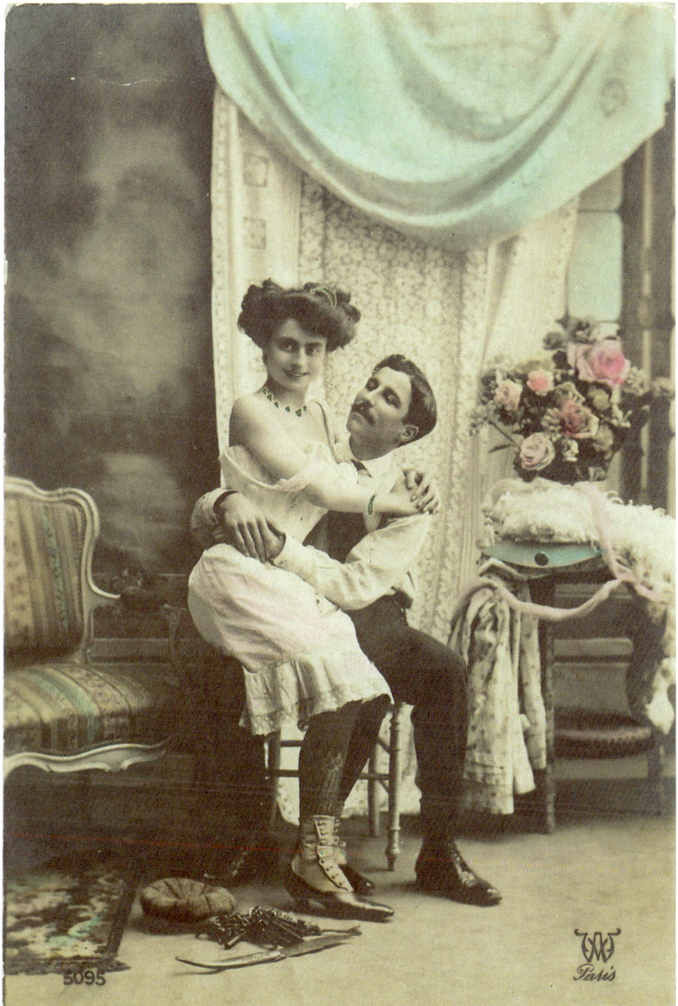
5095
Paris

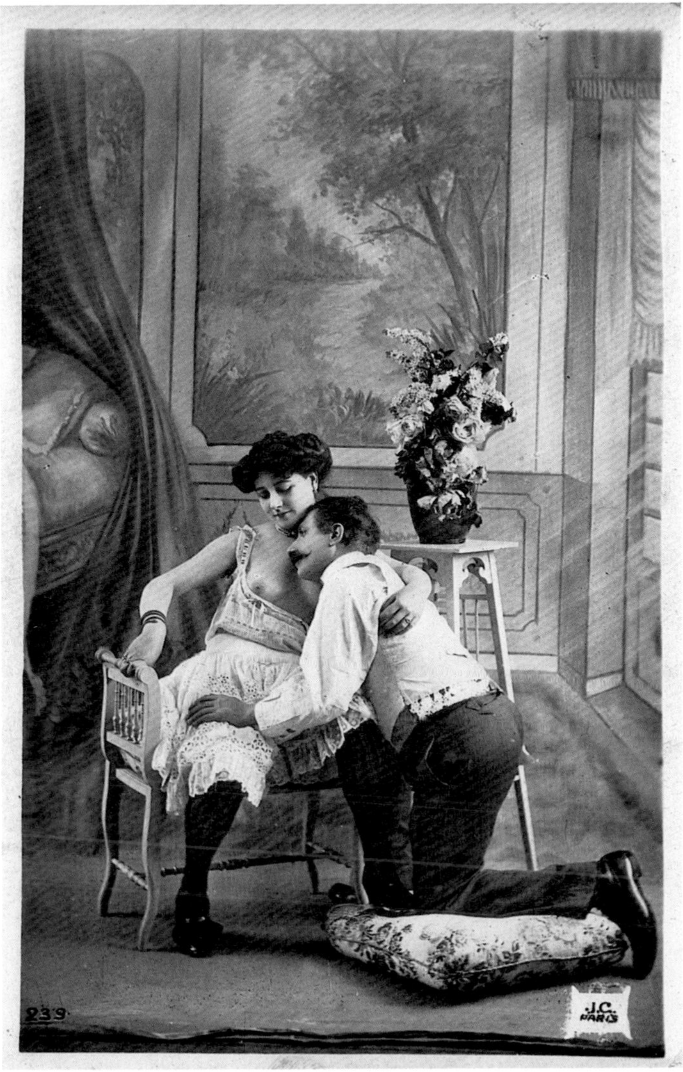
239
J.C.
PARIS

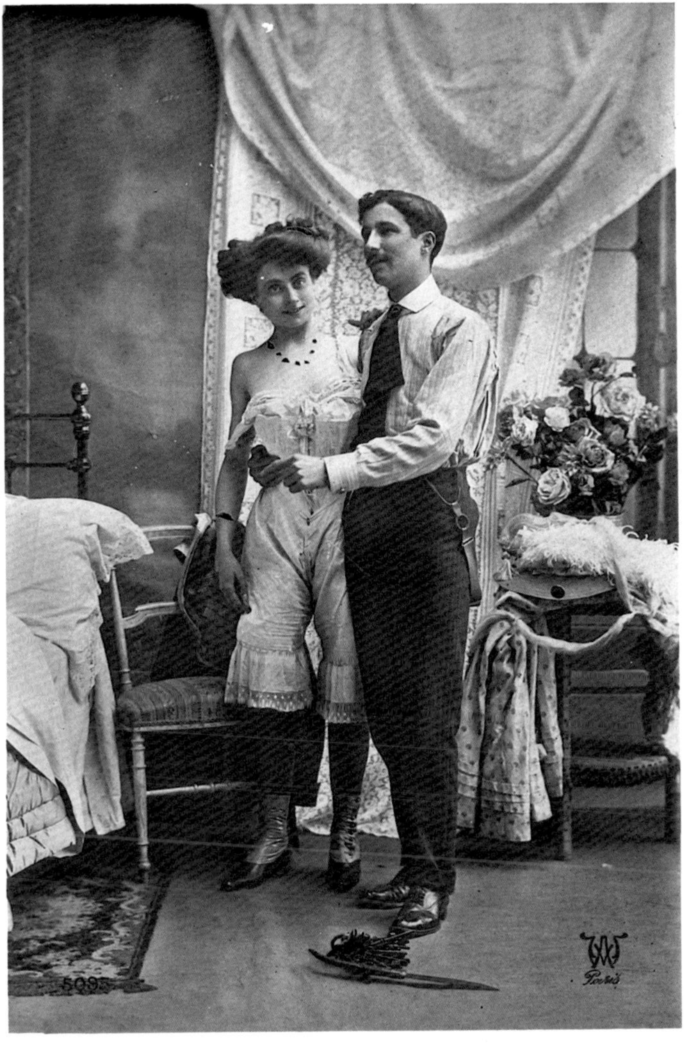
Paris

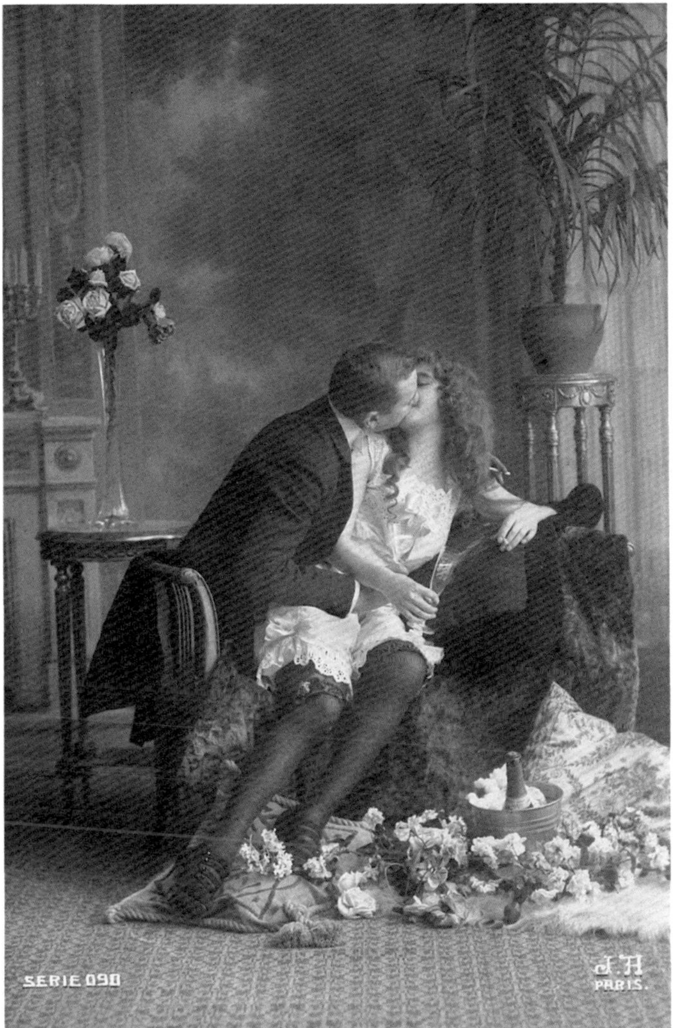
SERIE 090
J.A.
PARIS.

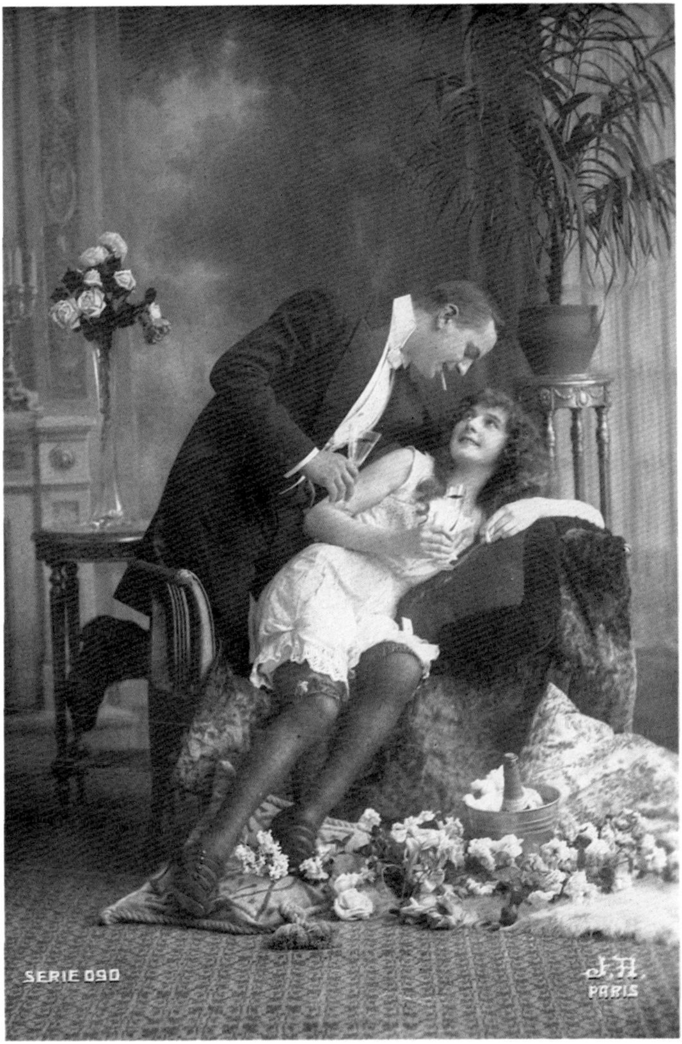
SERIE 090
PARIS

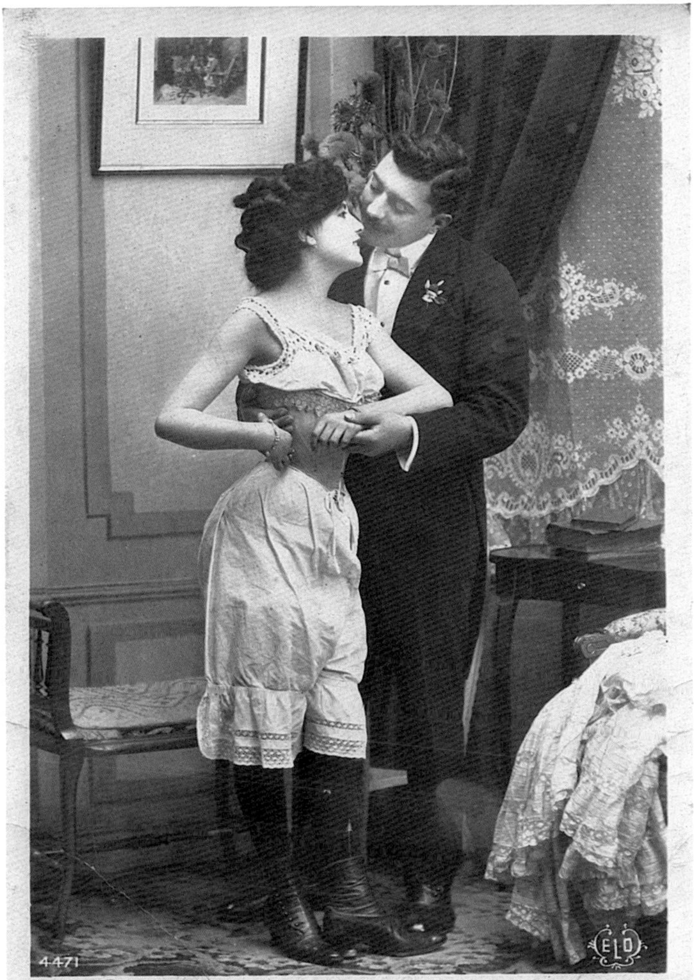
4471
ELD
J'attends l'aumône d'un baiser.

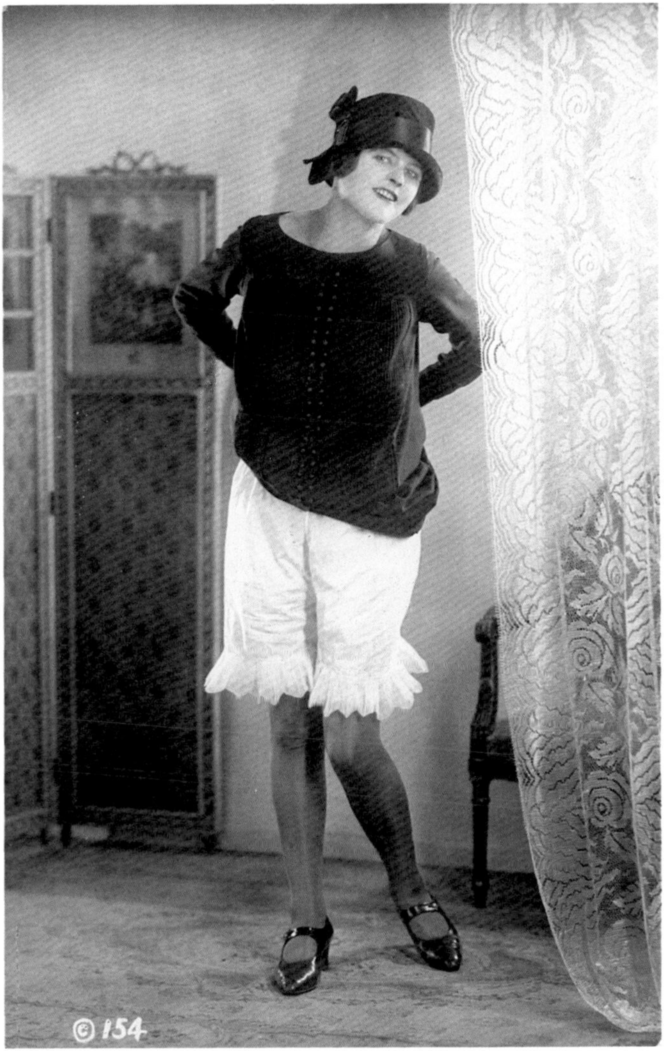
© 154

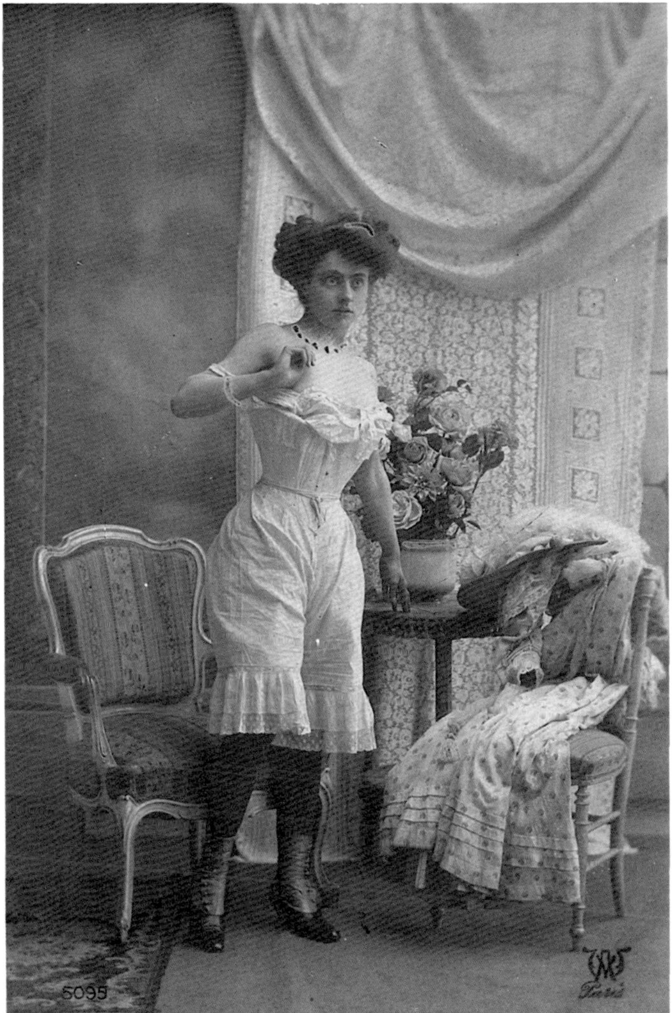
5095
Paris

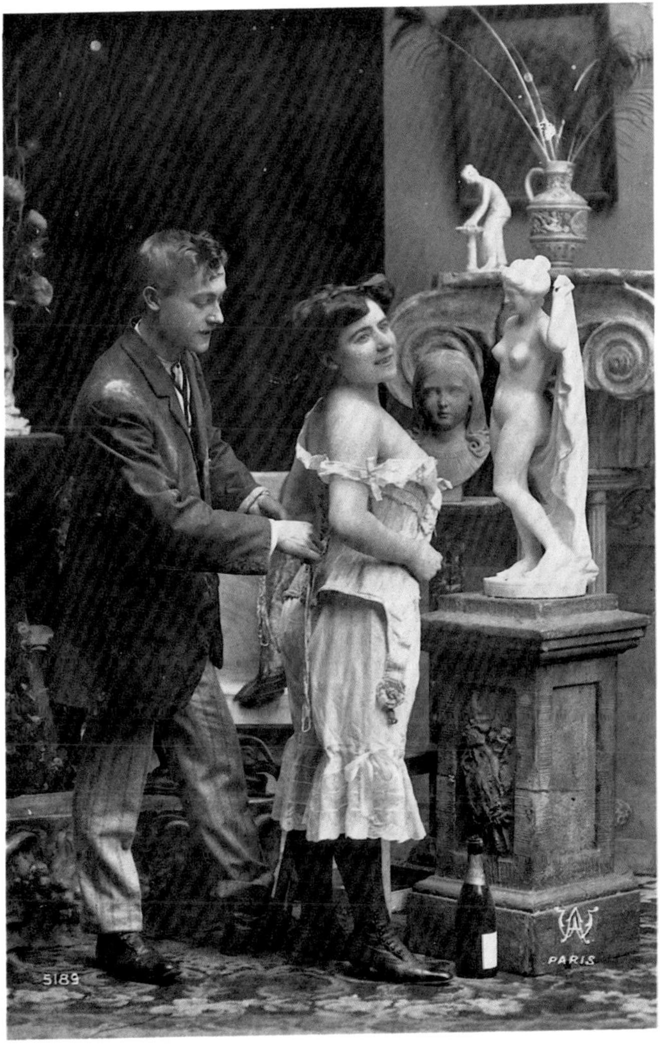
5189
PARIS

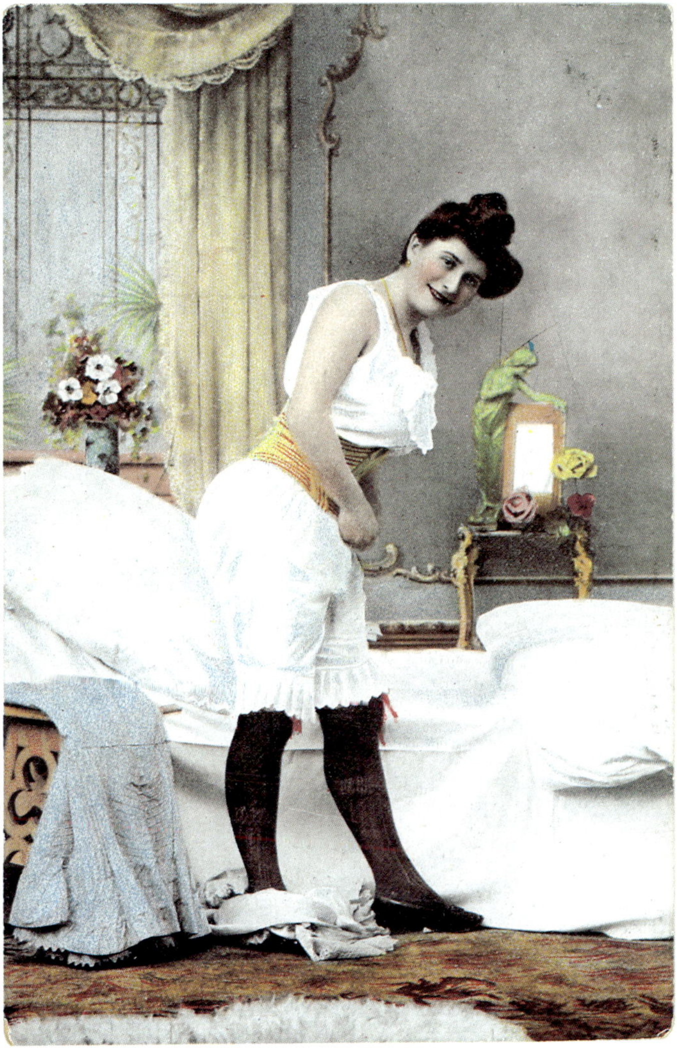

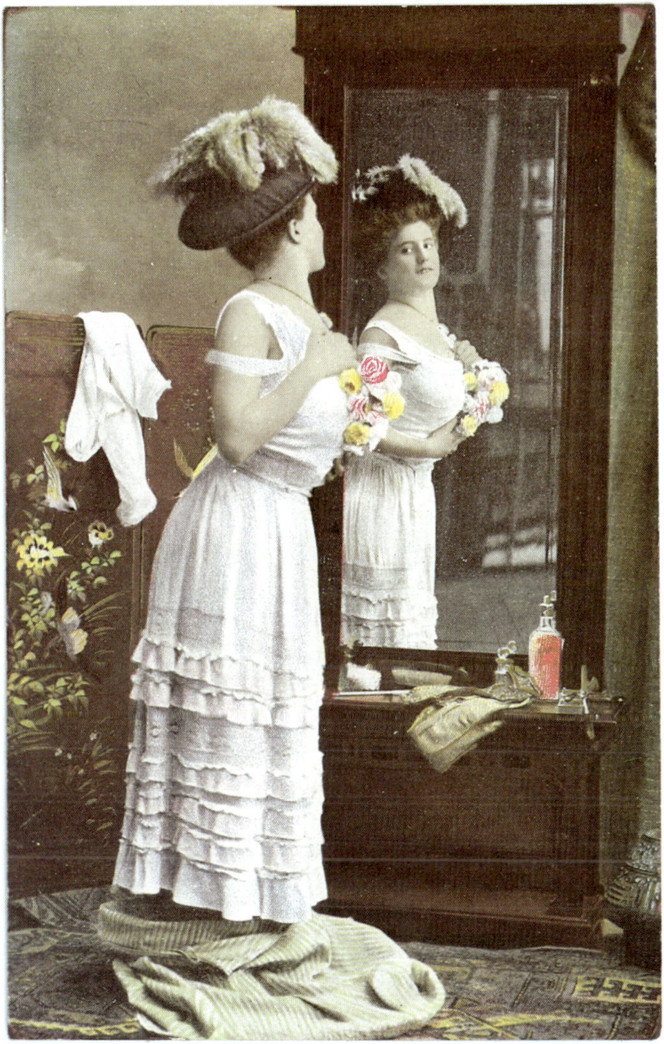

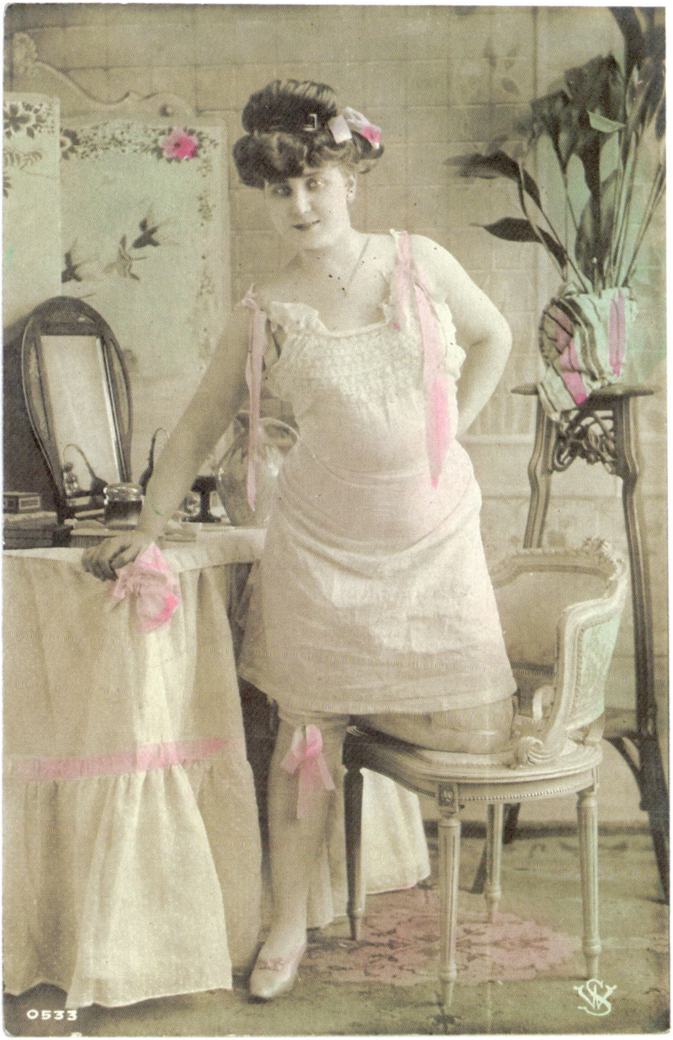
0533

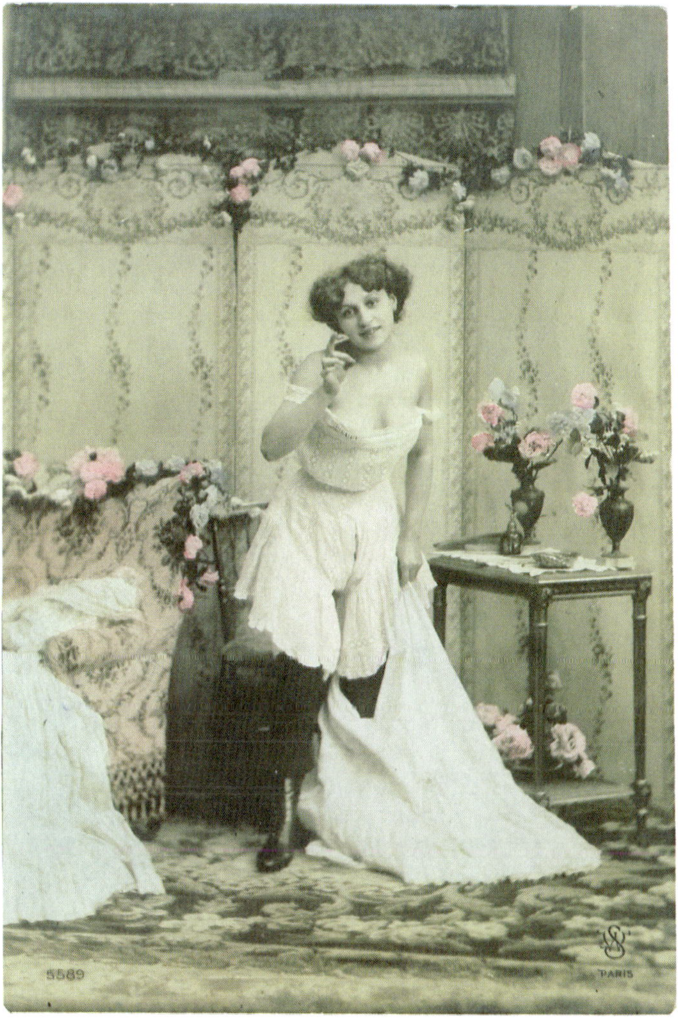
5589
PARIS

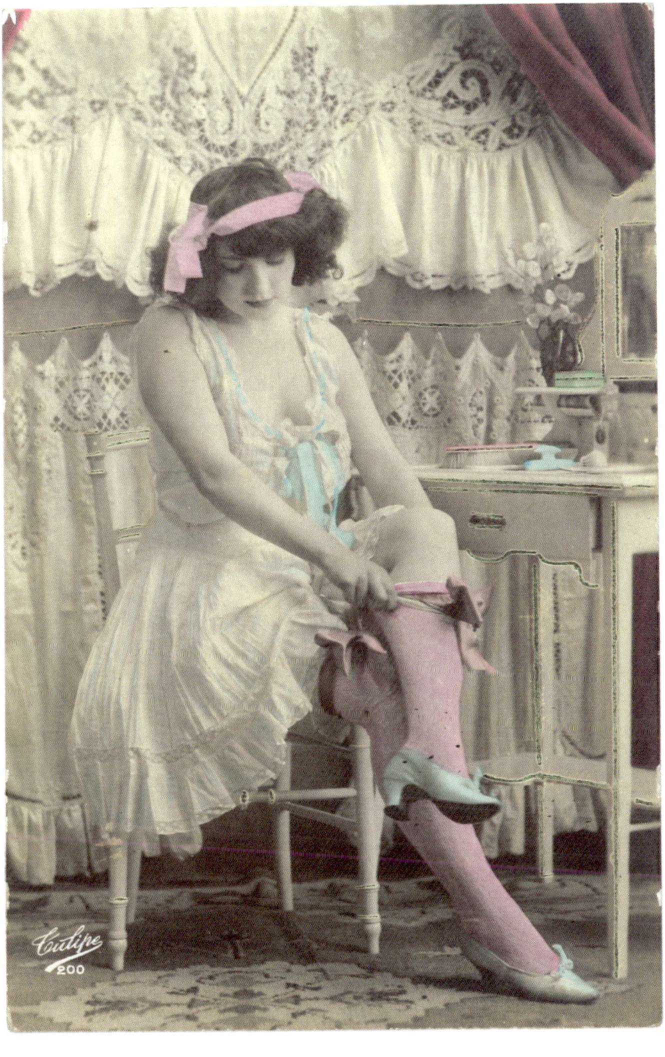
Tulipe
200

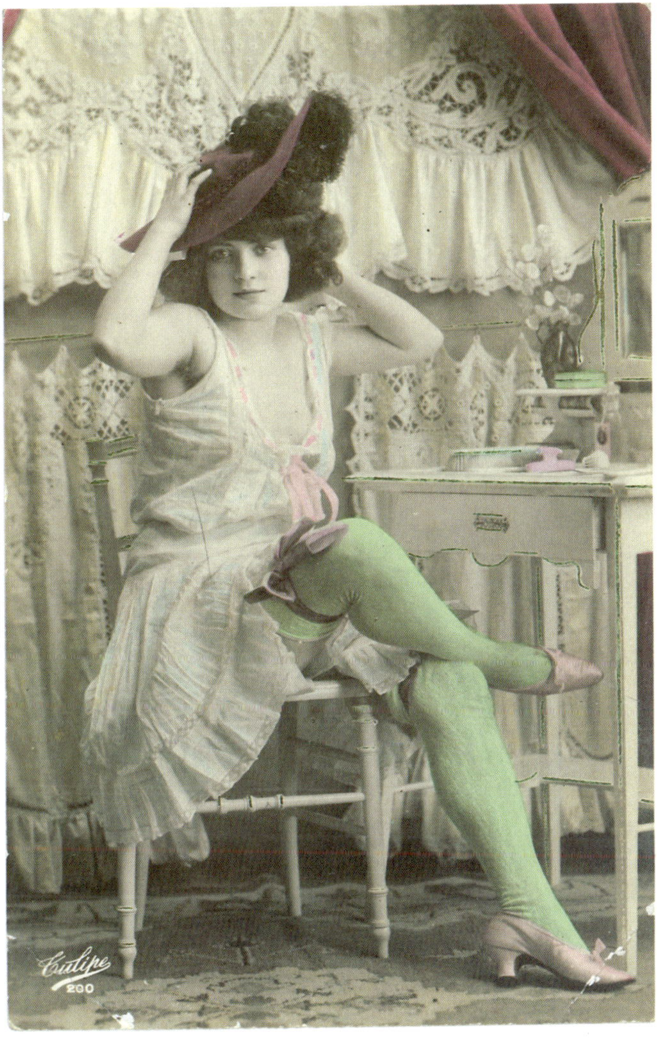
Tulipe
200

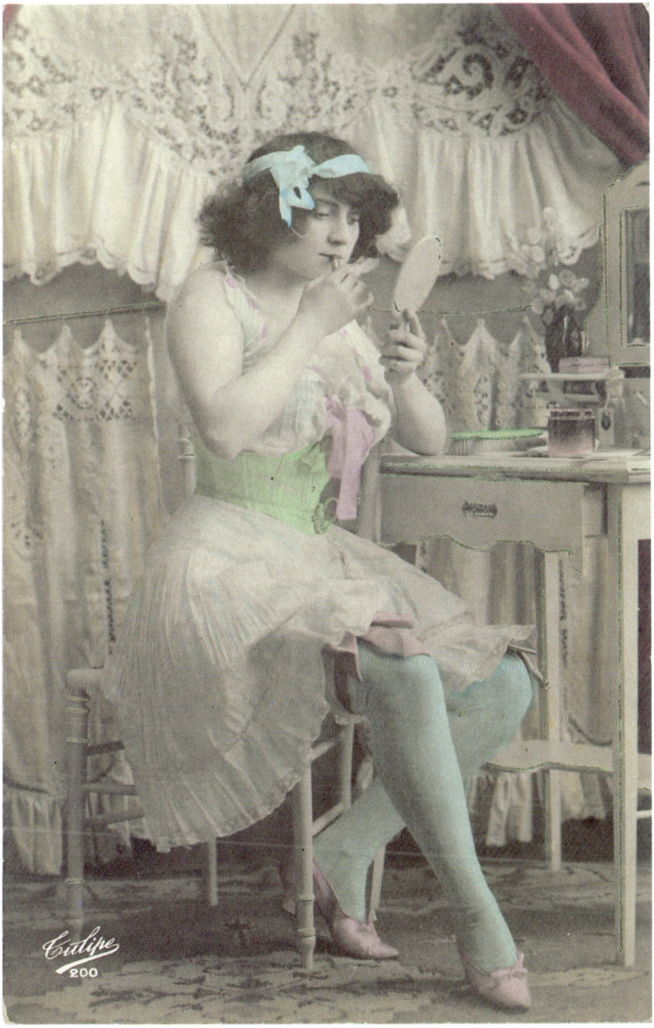
Tulipe
200

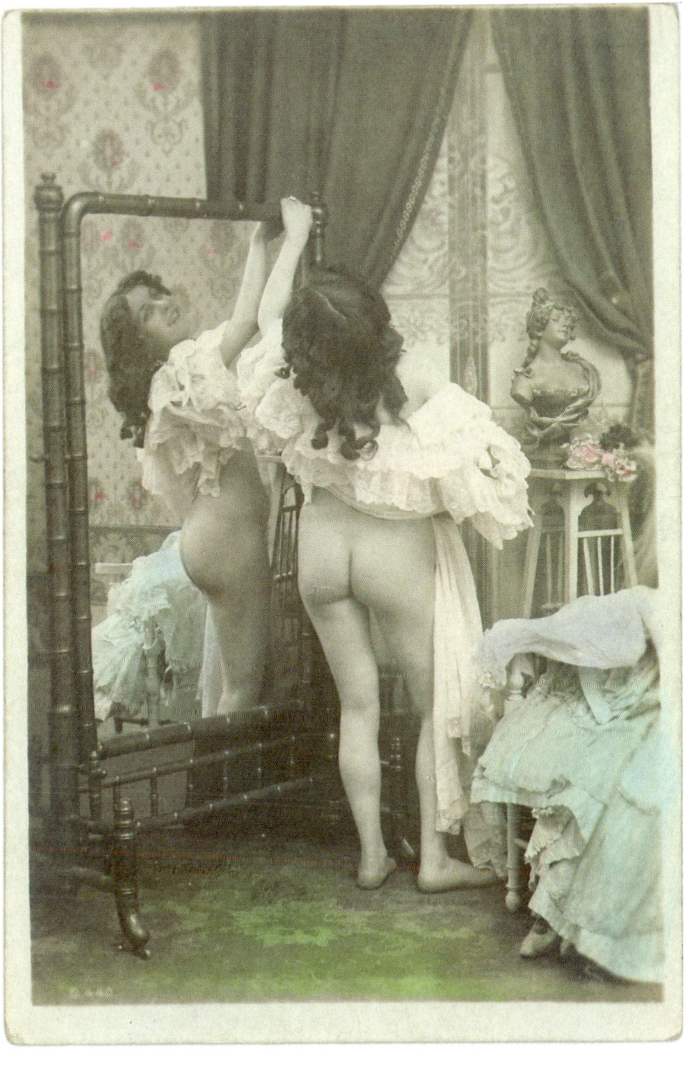

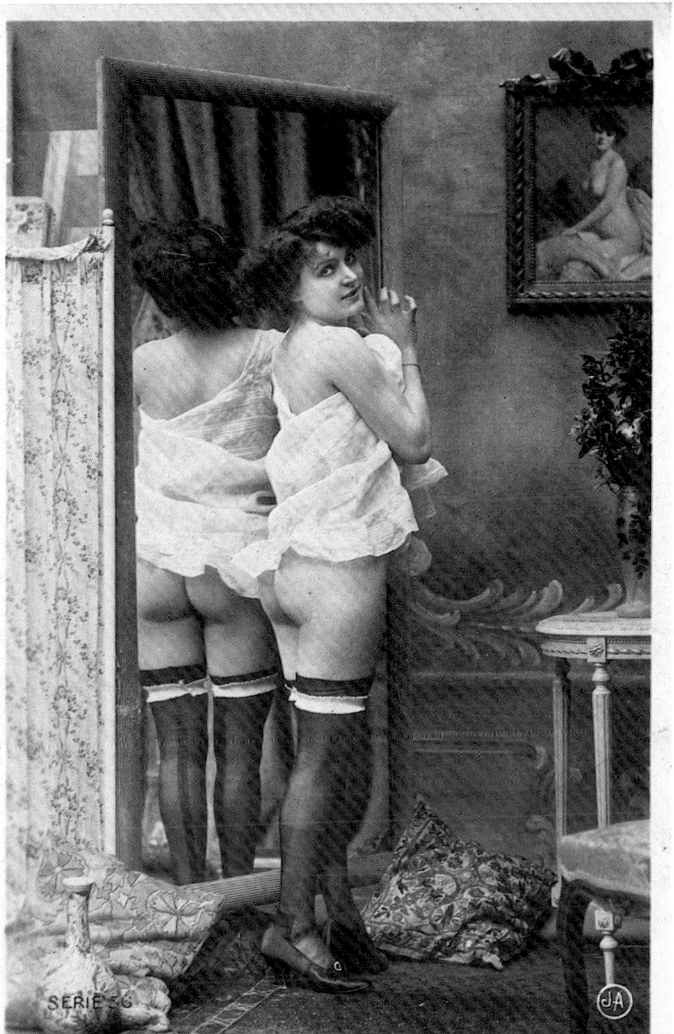
SERIE
JA

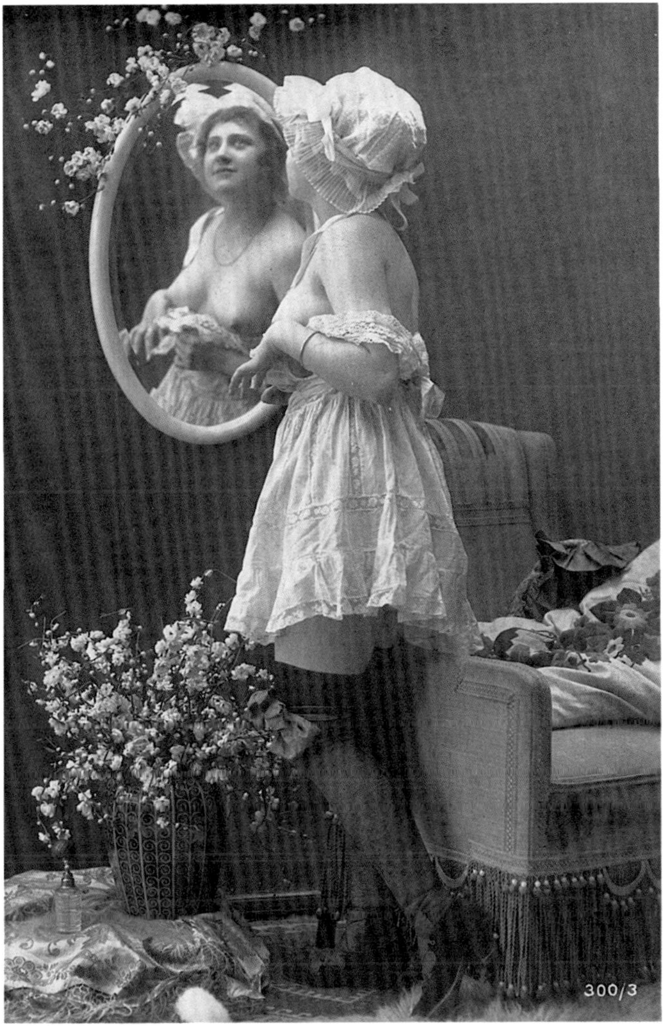
300/3

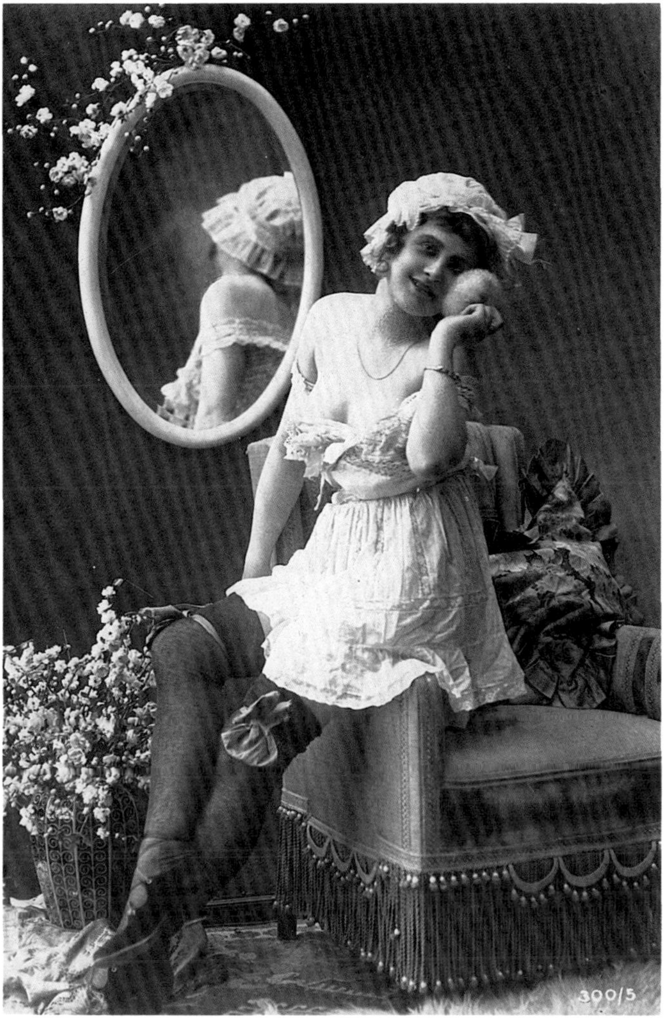
300/5

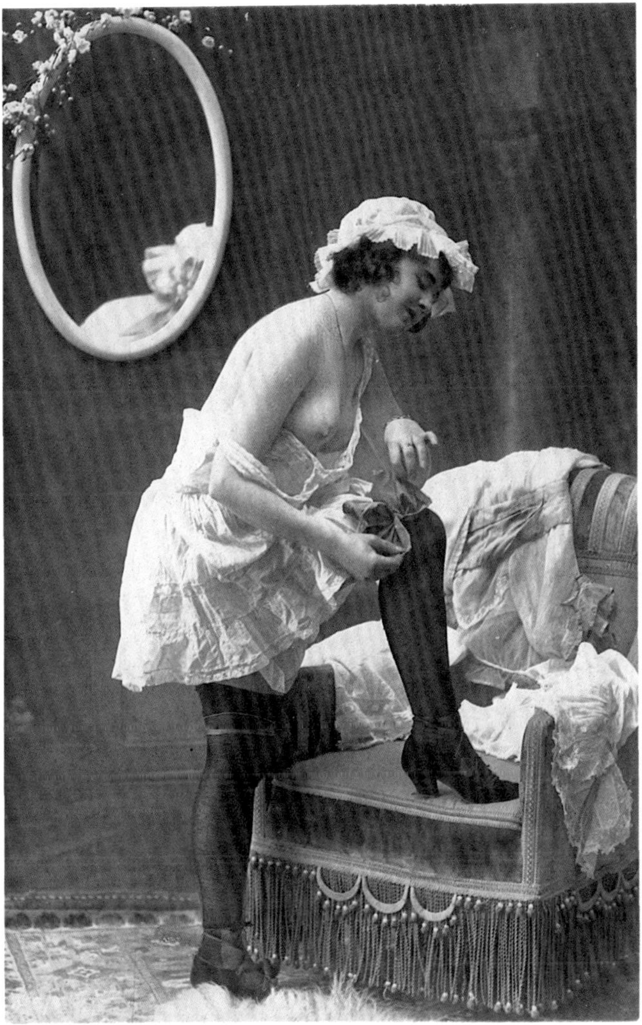

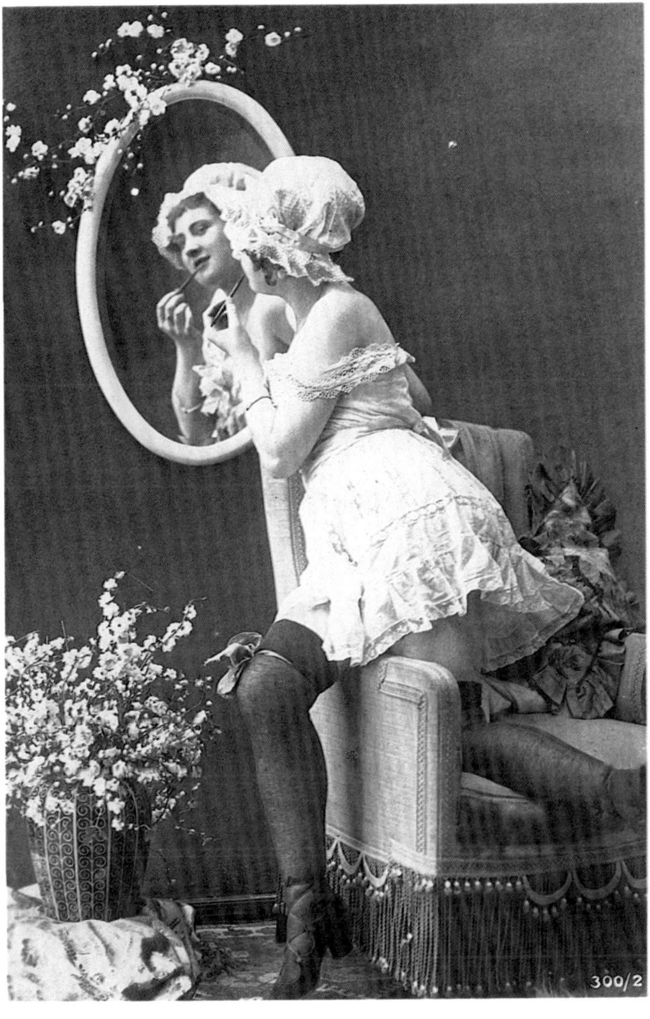
300/2

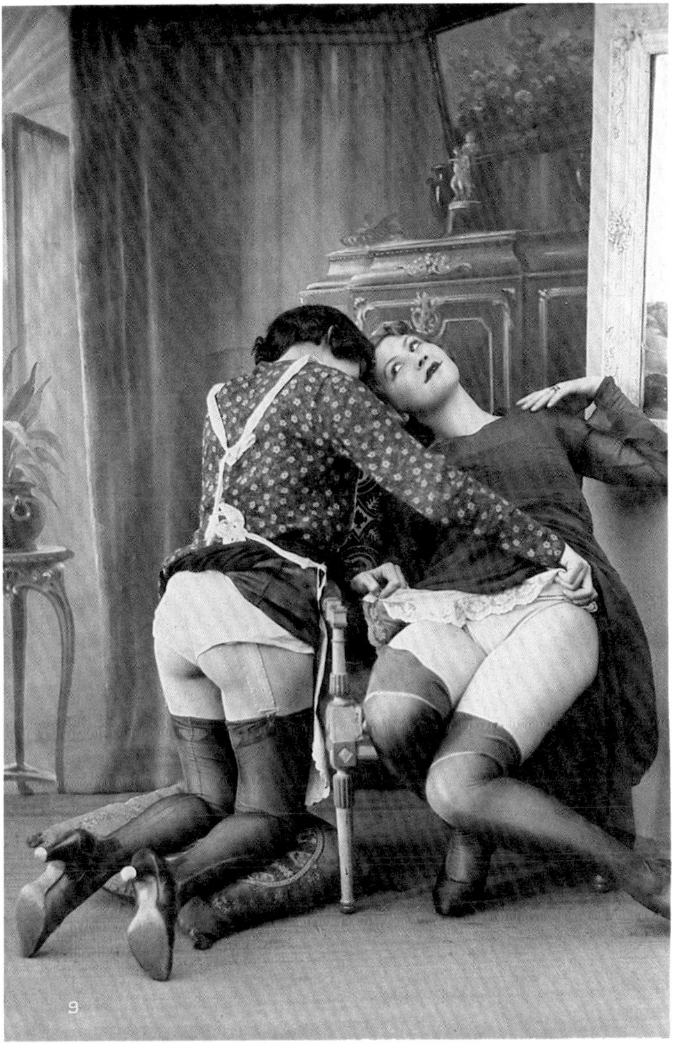
9

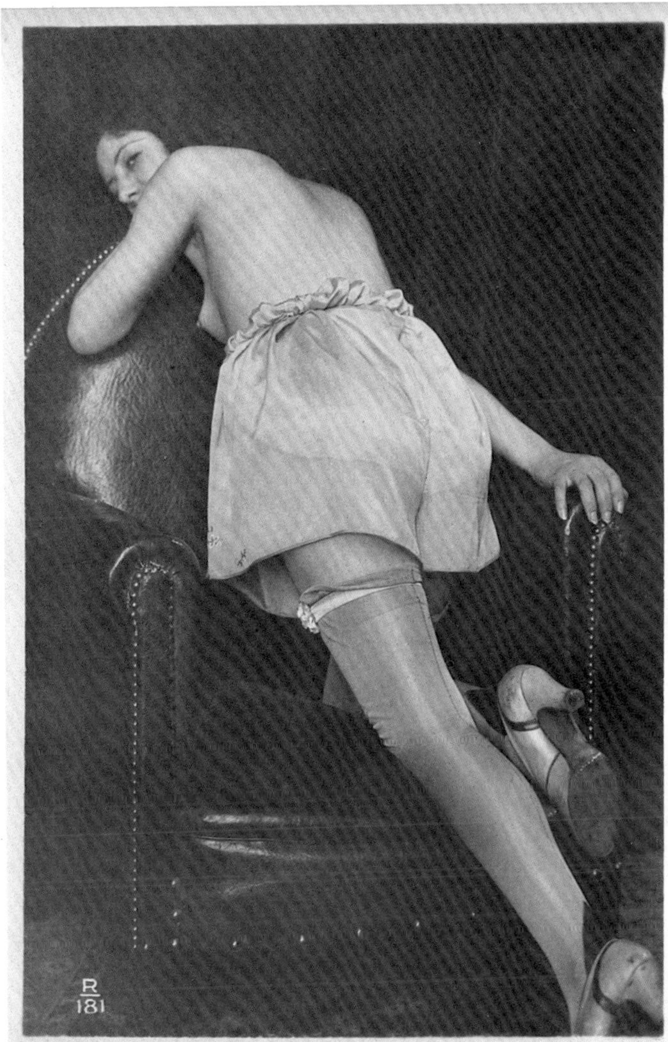
R
181

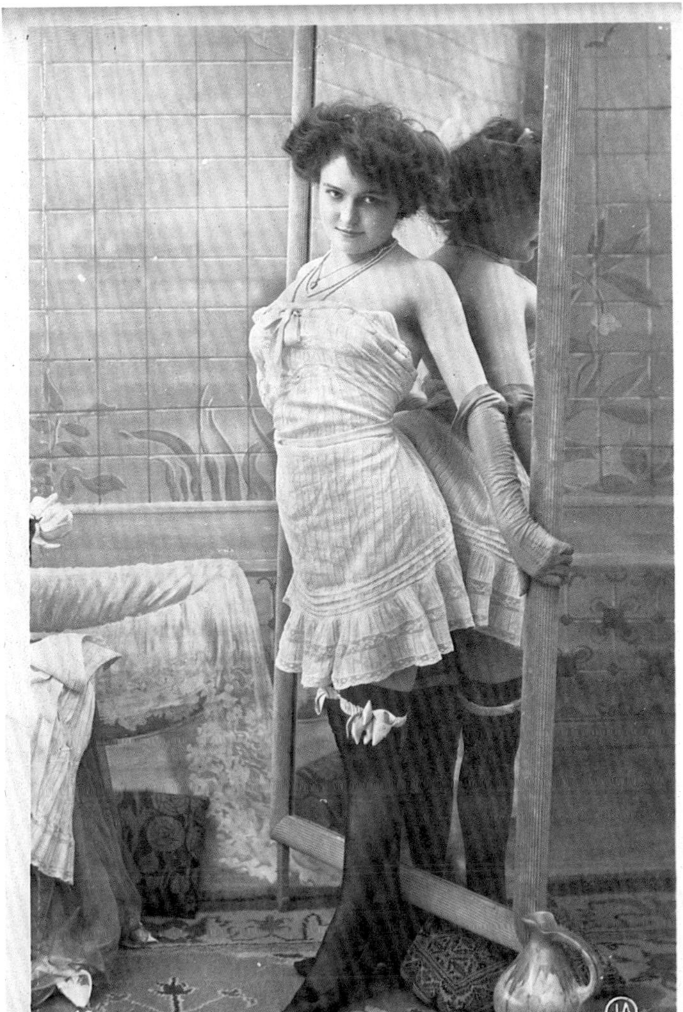
49 SERIE 38
JA

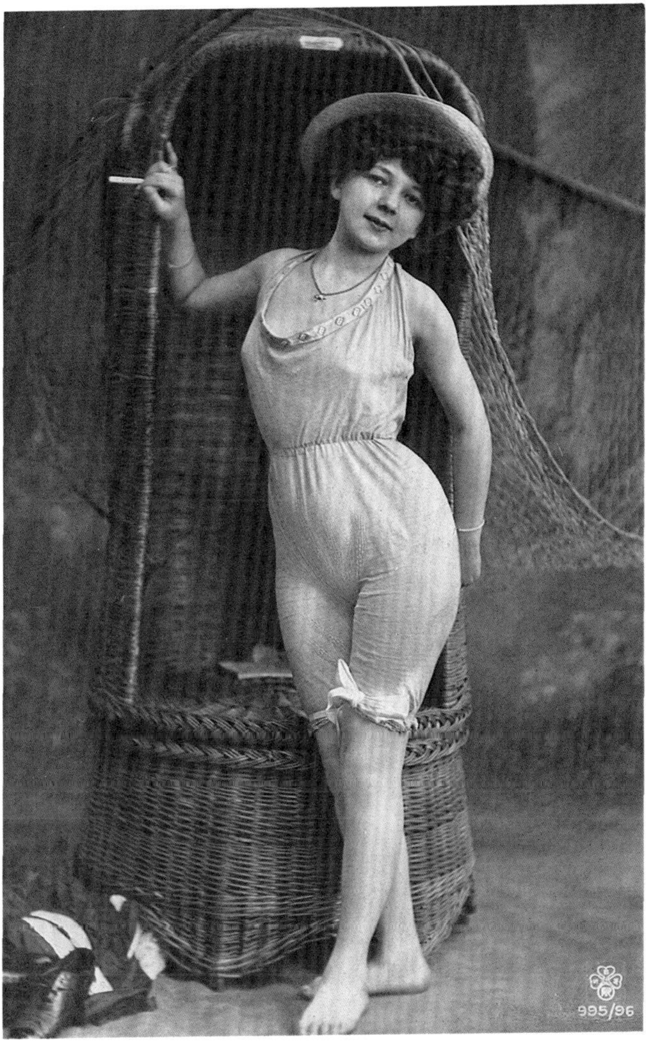
995/96

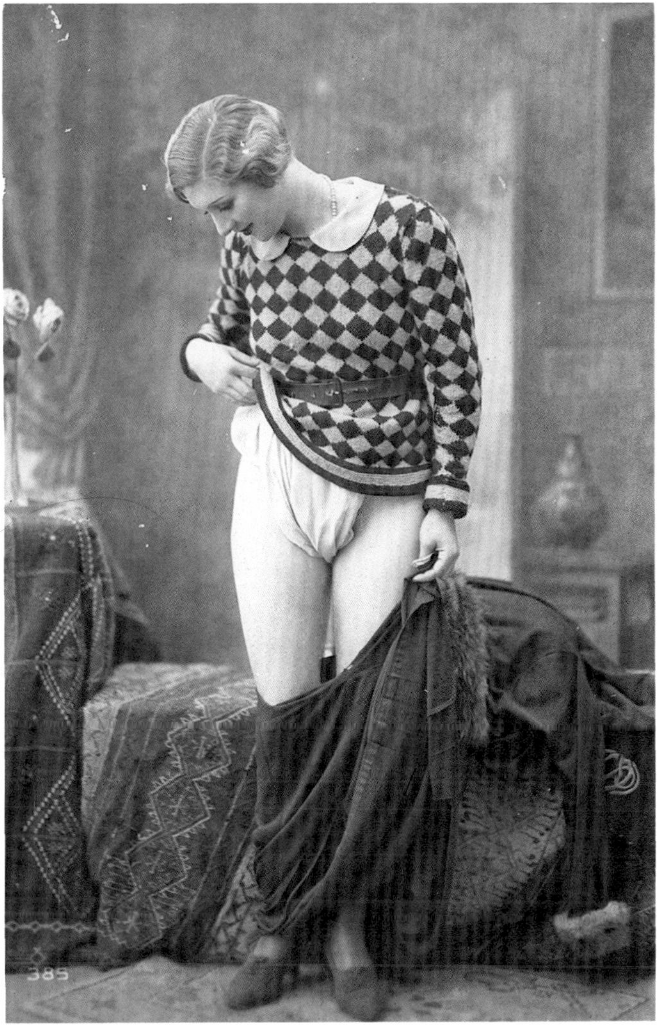
385

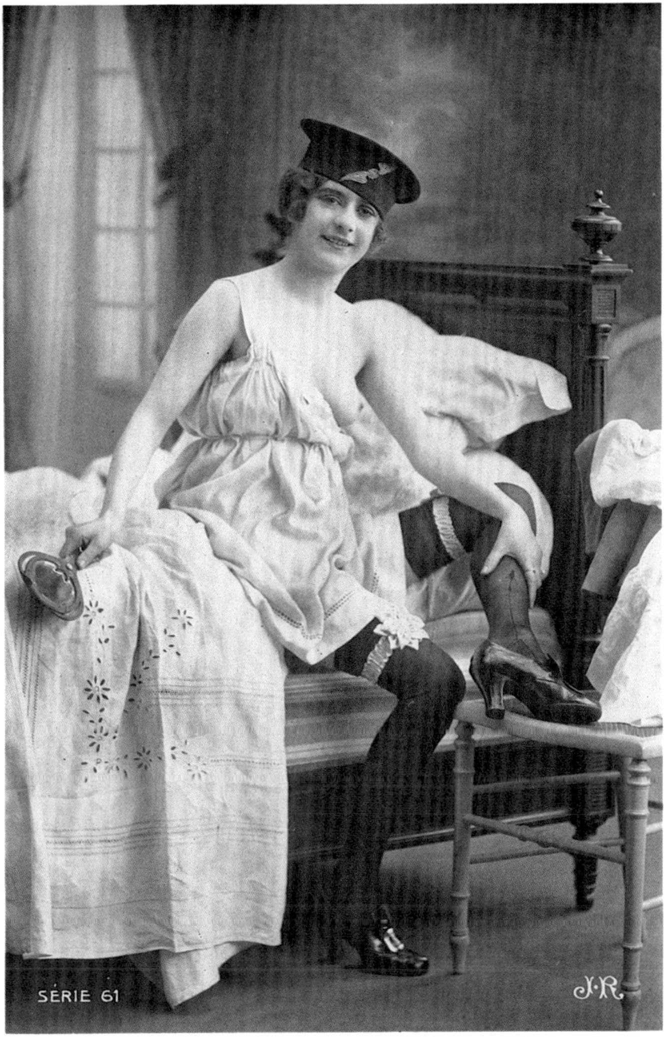
SÉRIE 61
J·R

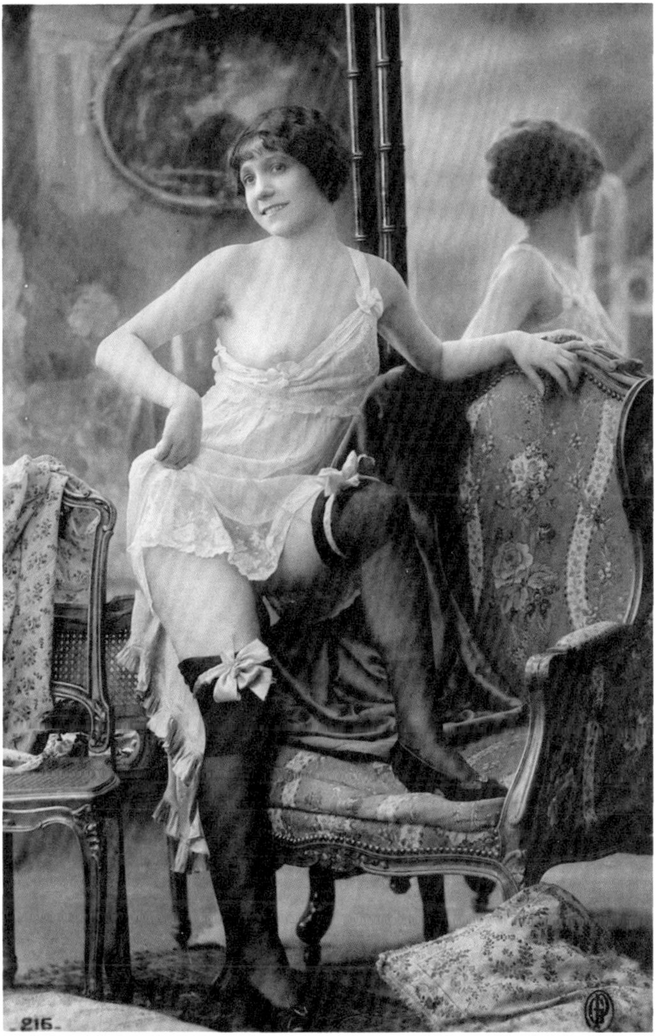
216

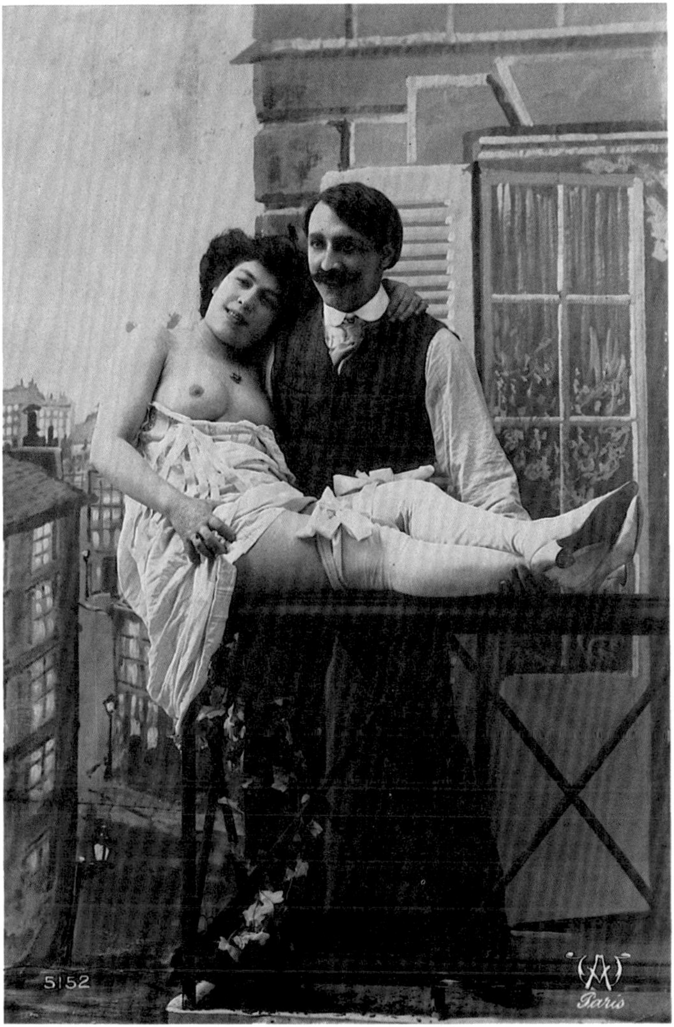
5152
Paris

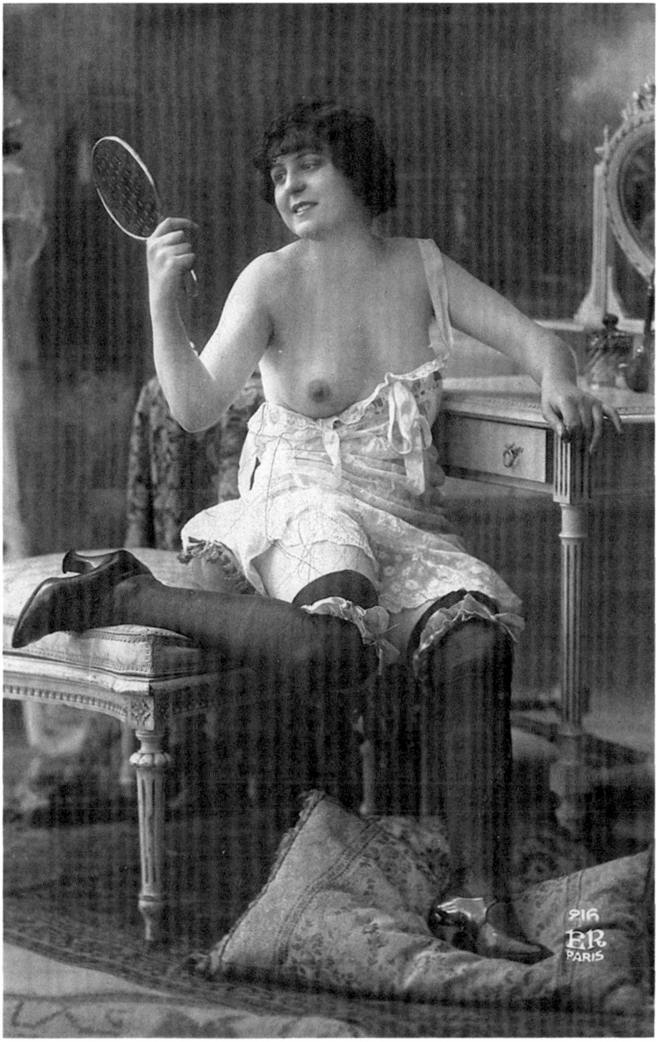
216
ER
PARIS

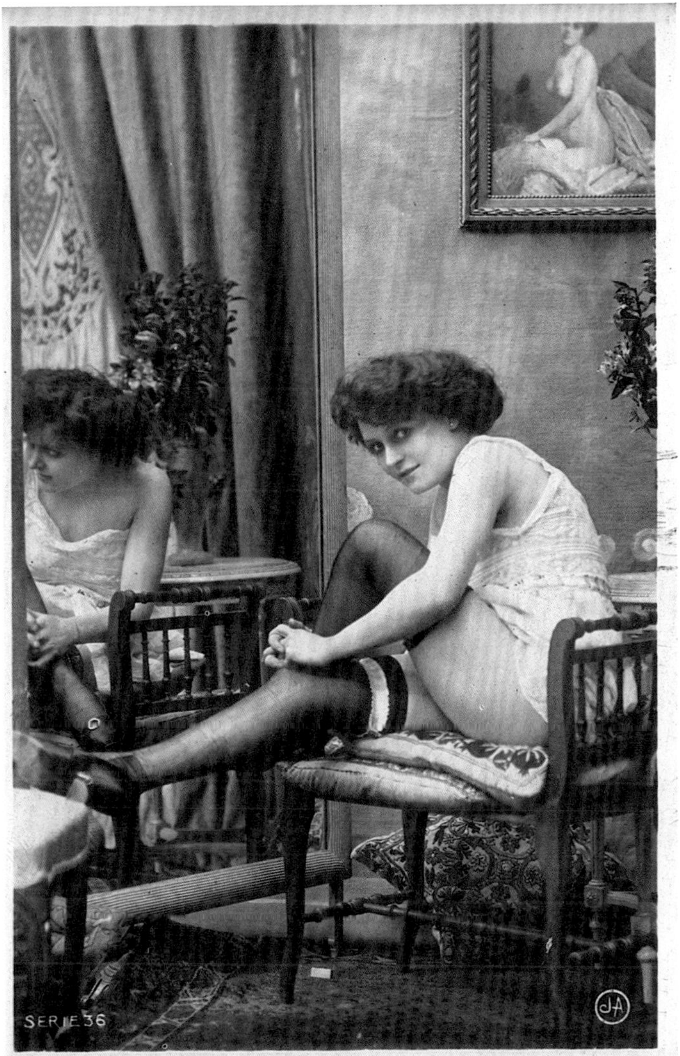
SERIE 36
JA

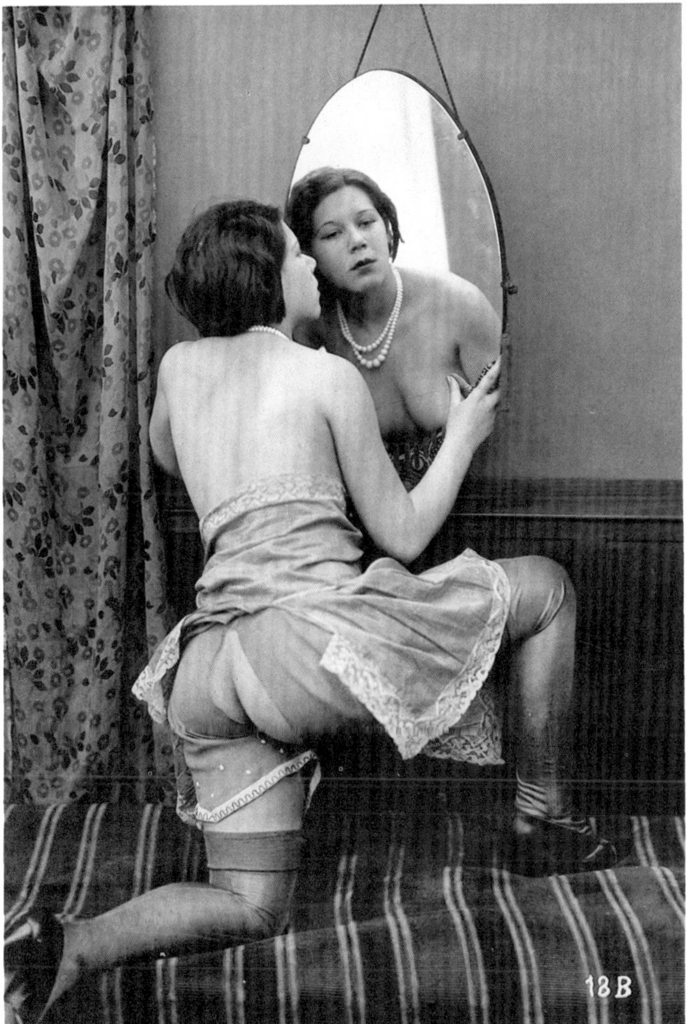
18 B

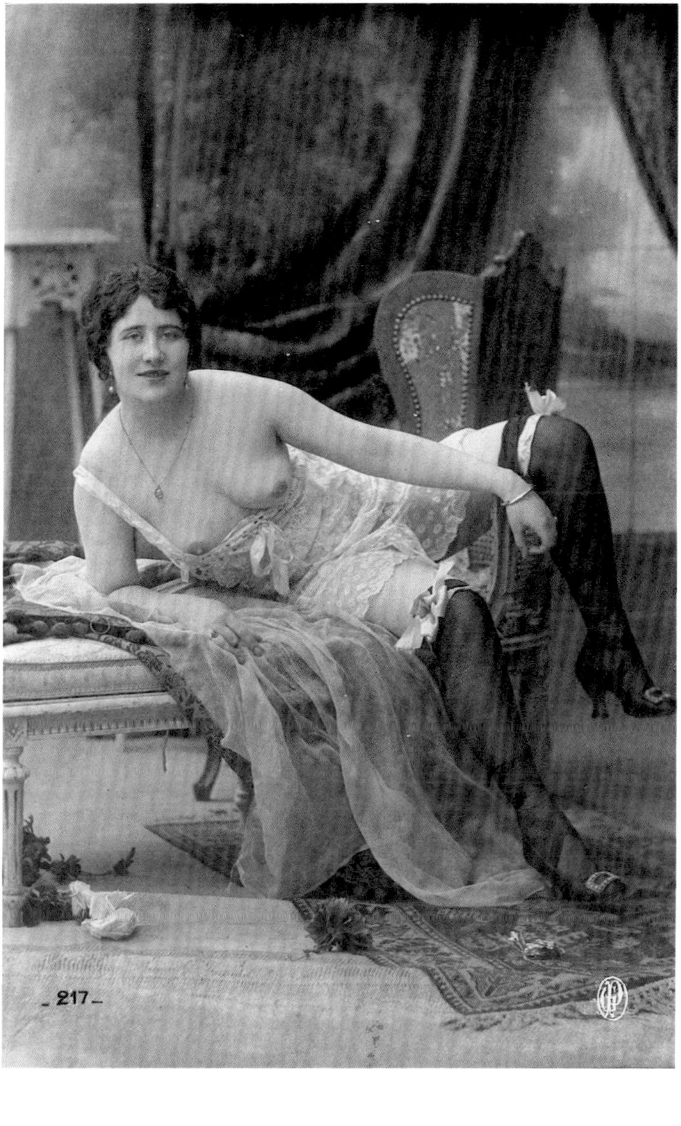
217

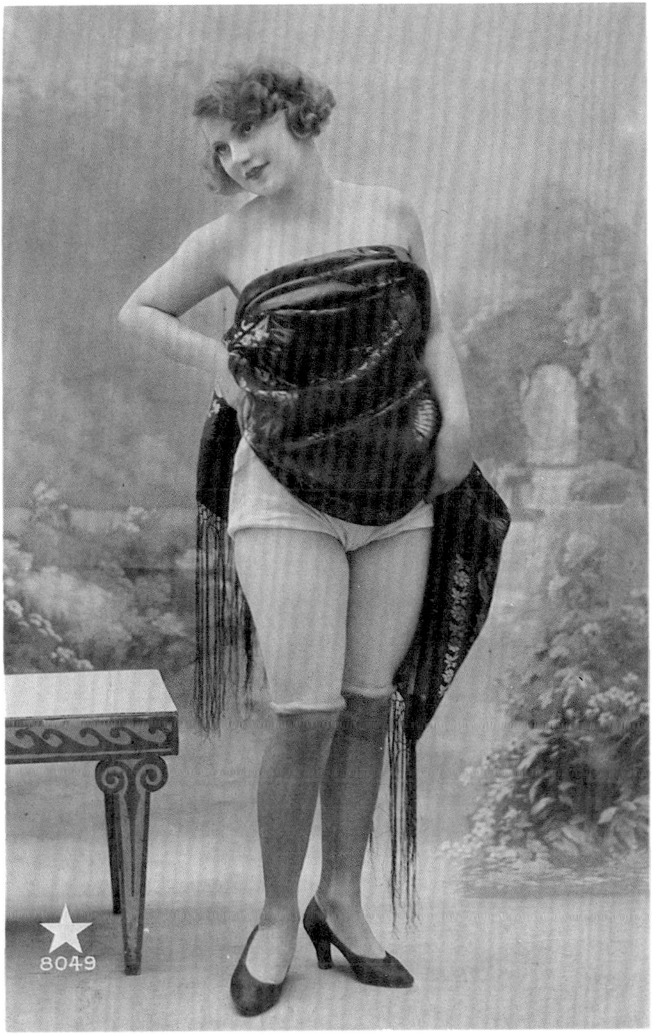
8049

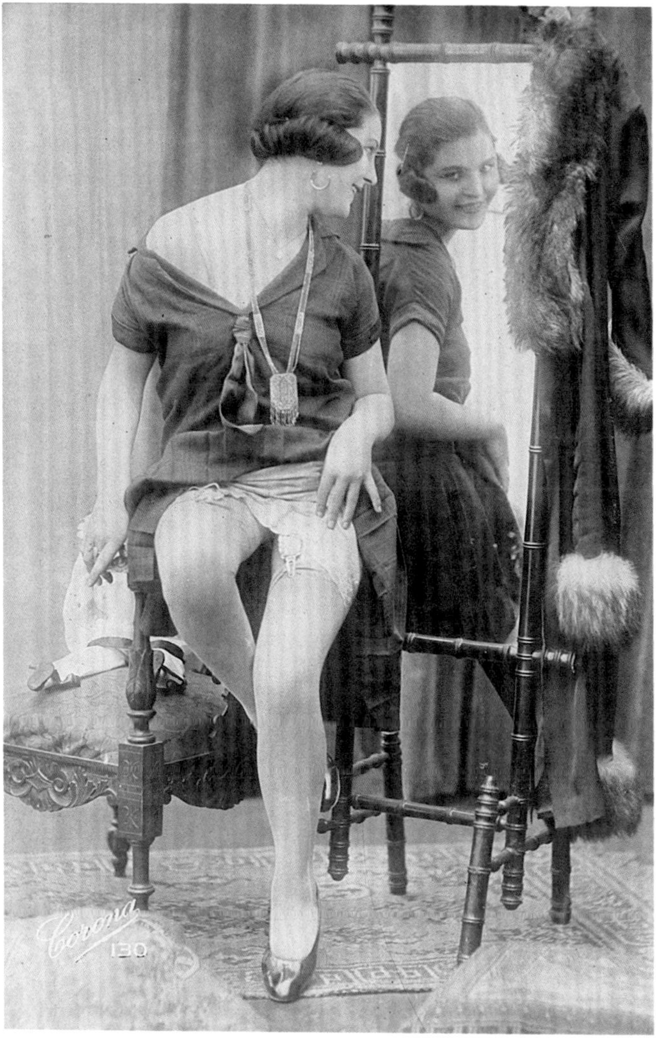
Corona
130

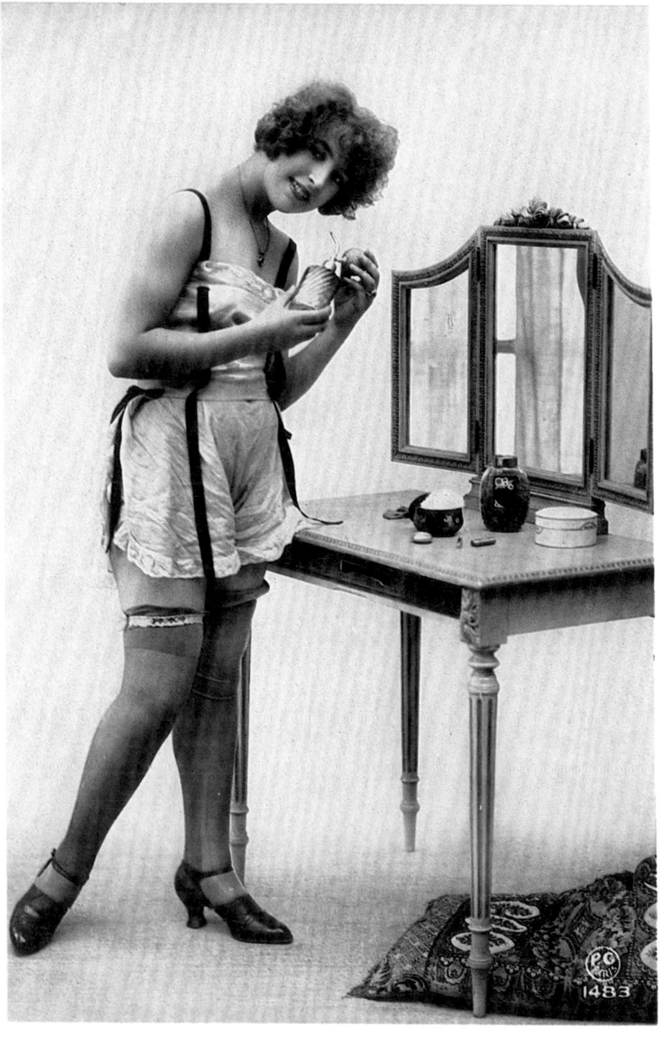
P.C. PARIS
1483

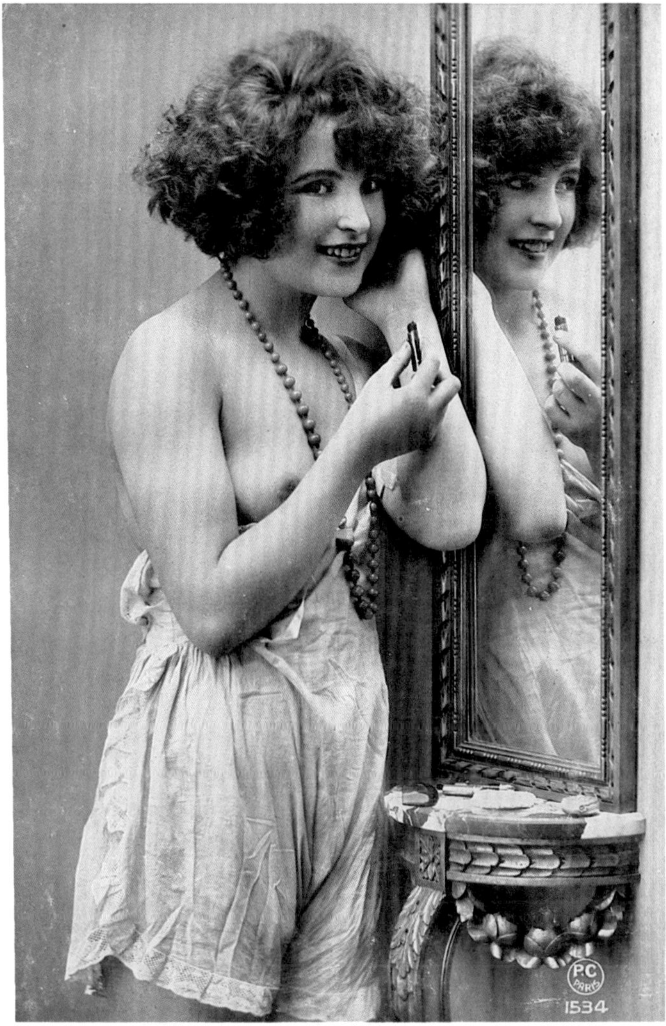
P.C
PARIS
1534

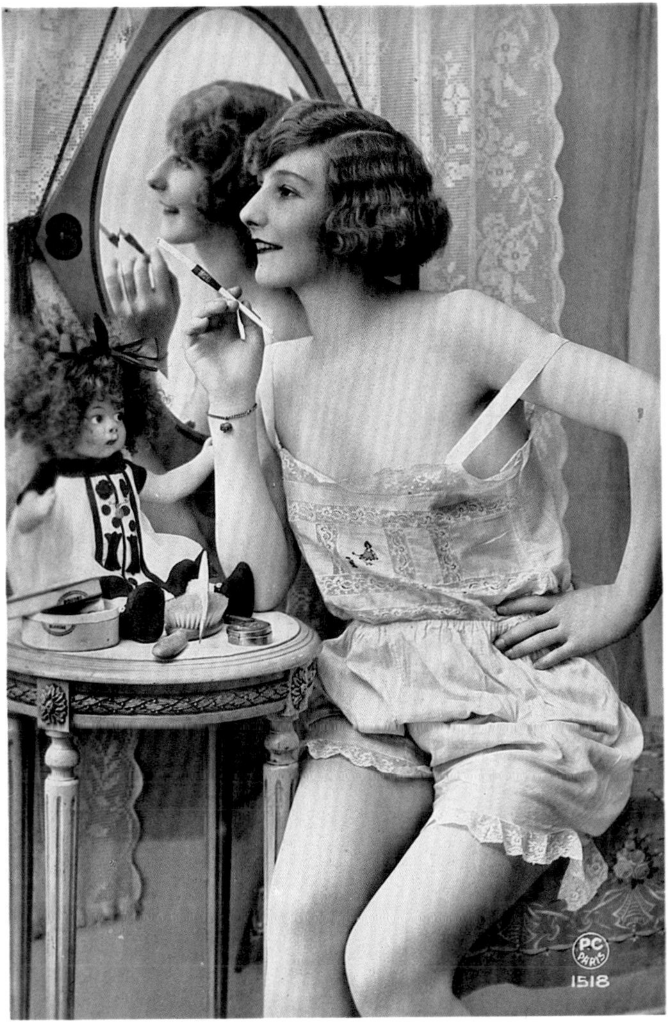
P.C
PARIS
1518

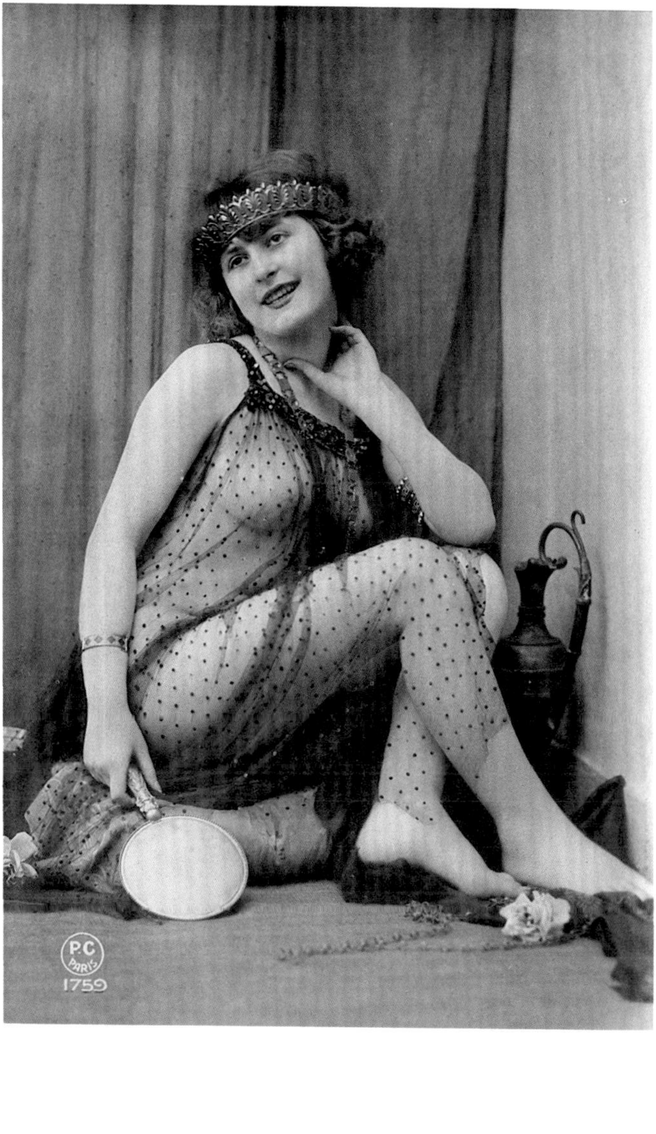
P.C
PARIS
1759

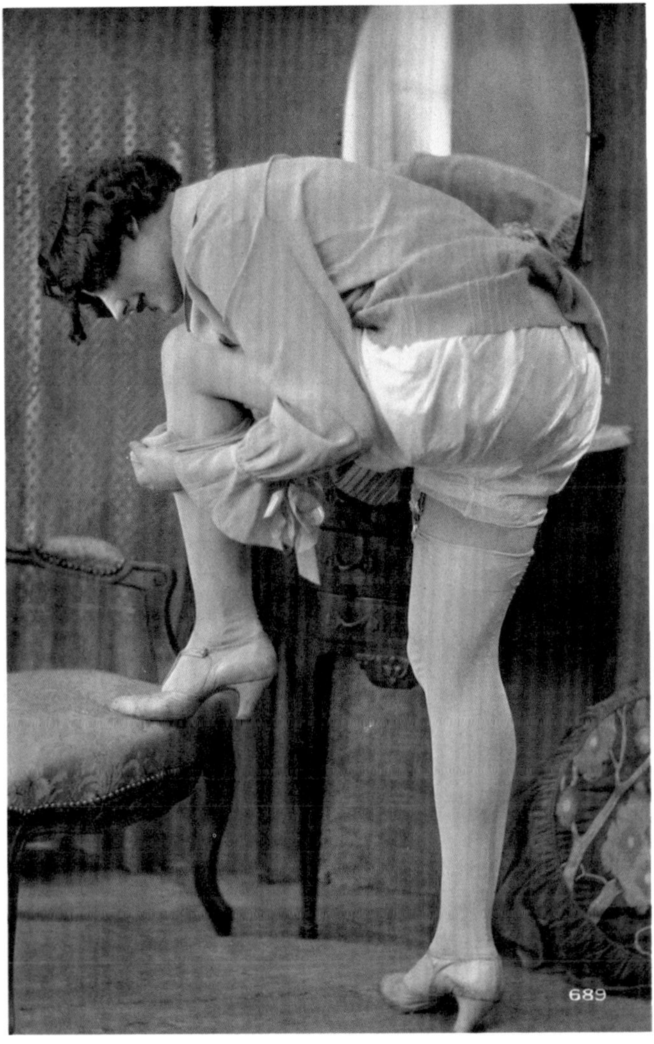
689

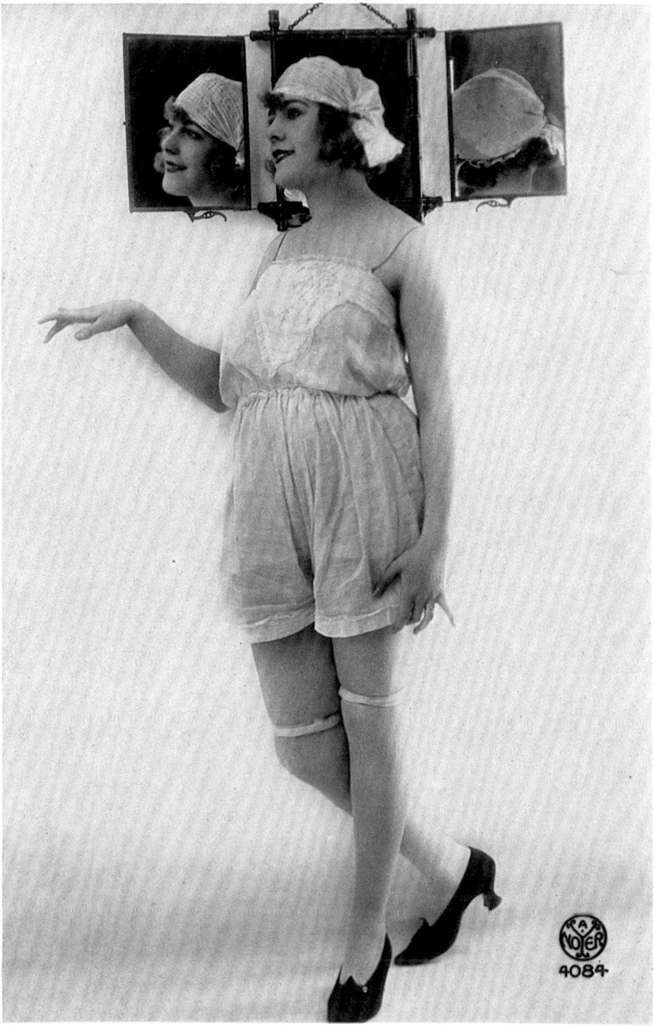
A. NOYER
4084

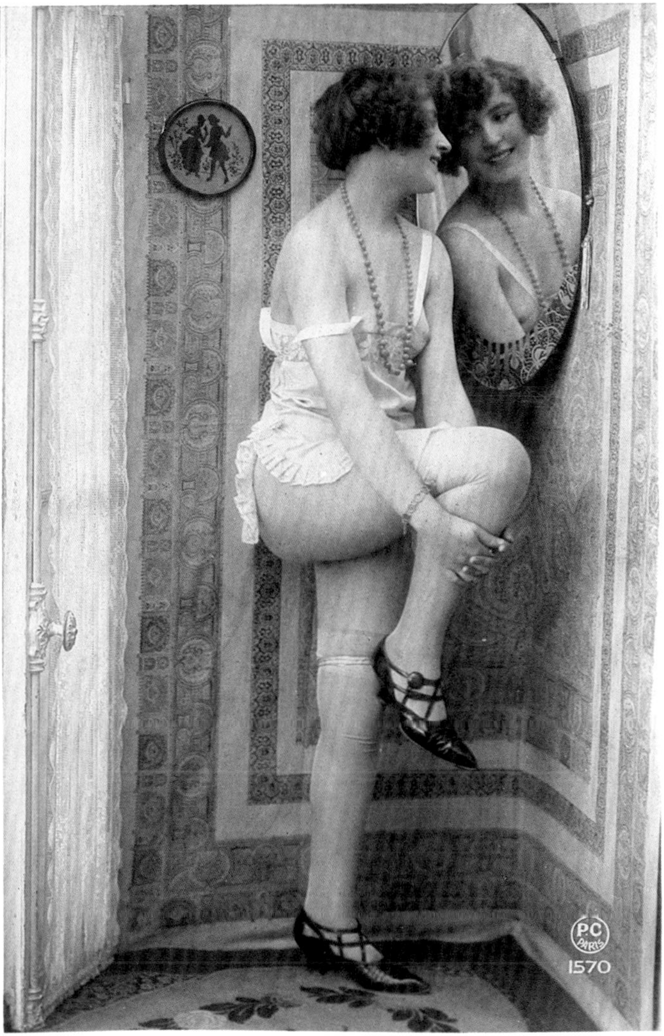
P.C
PARIS
1570

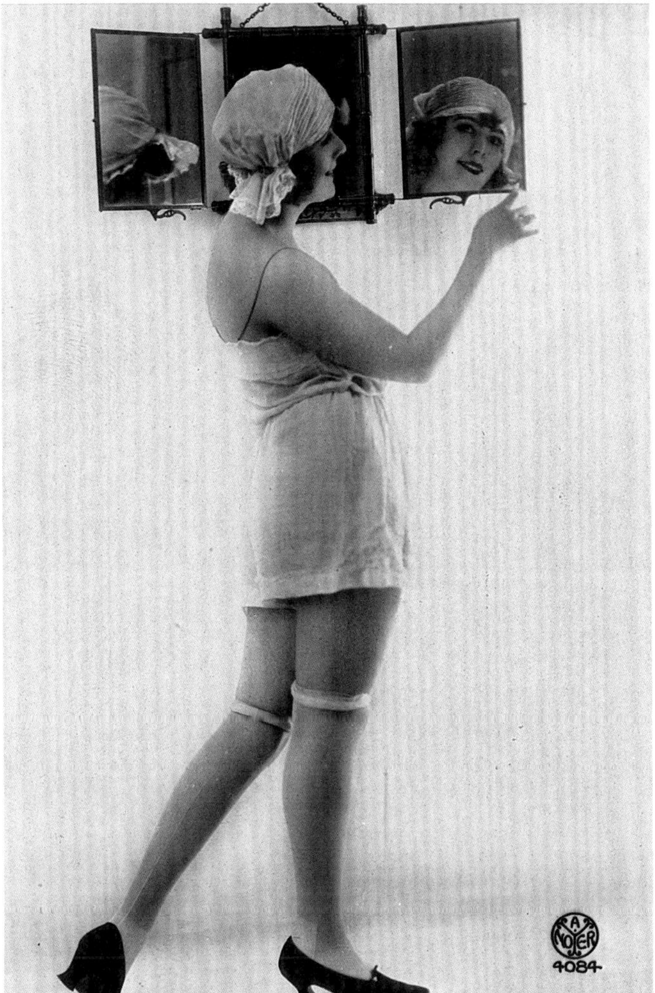
A
NOYER
4084

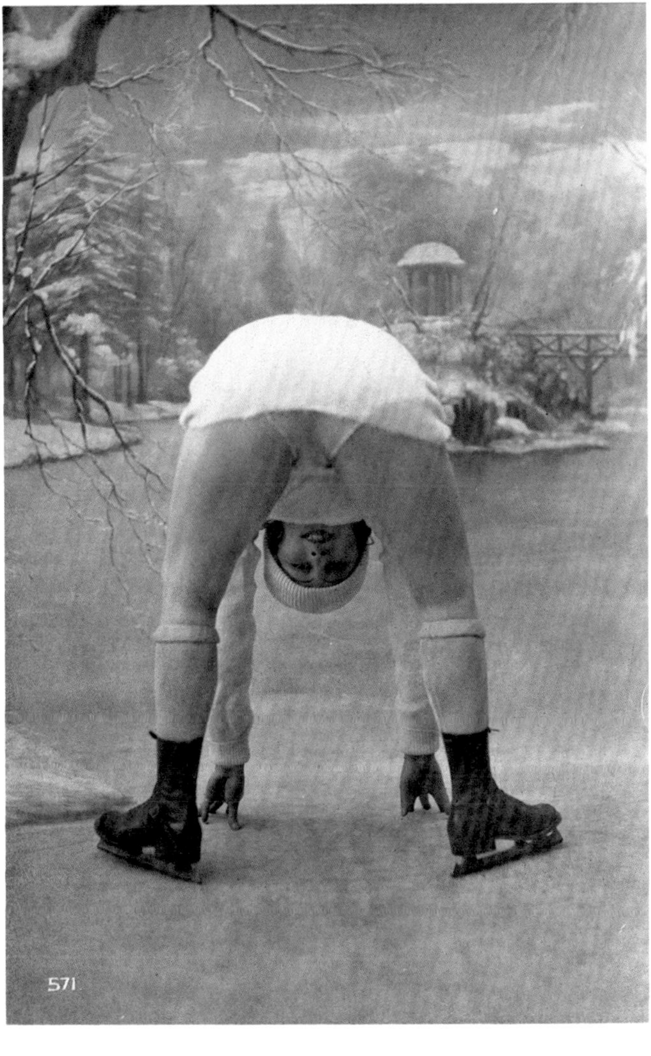
571

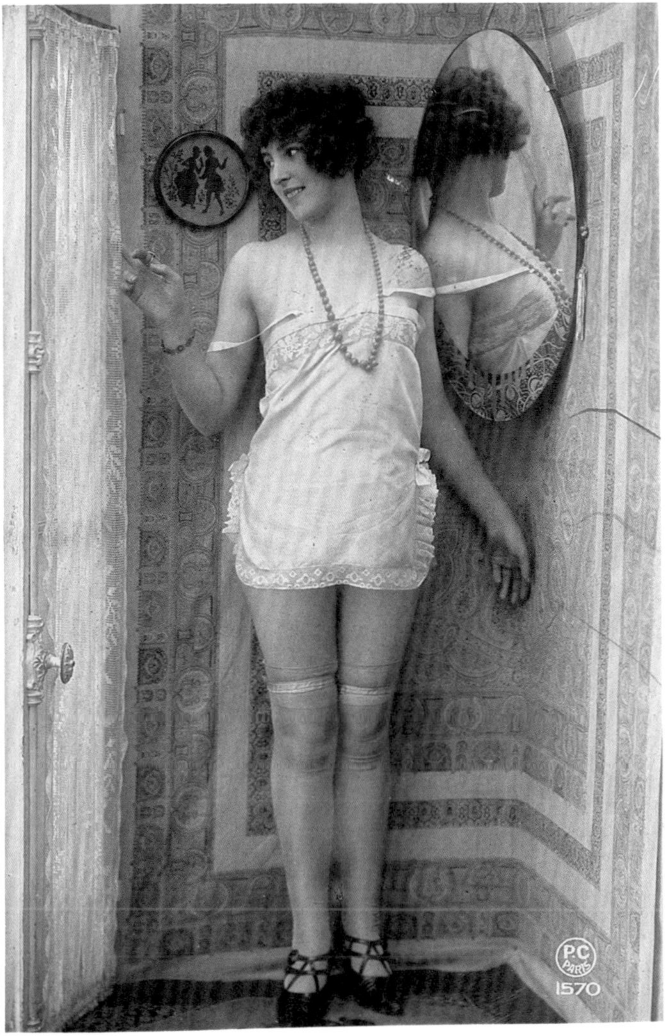
P.C PARIS
1570

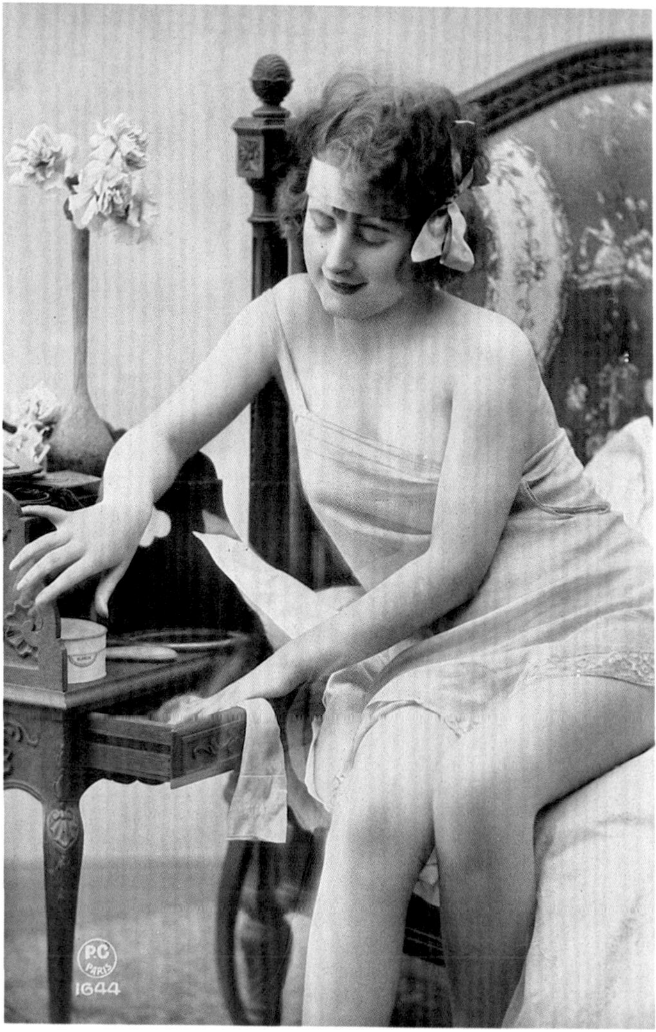
P.C
PARIS
1644

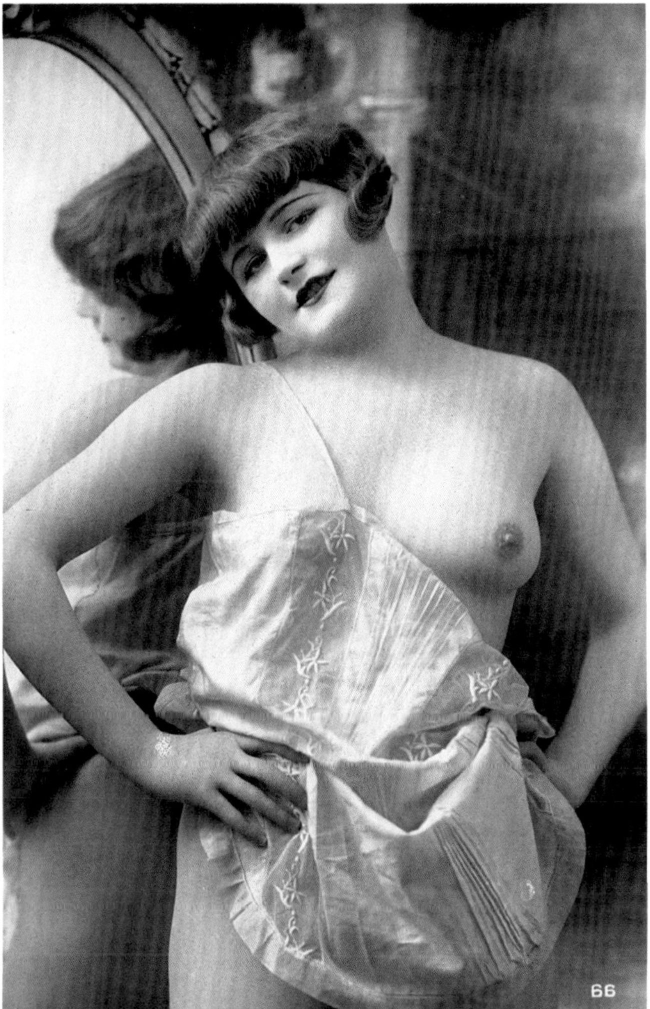
66

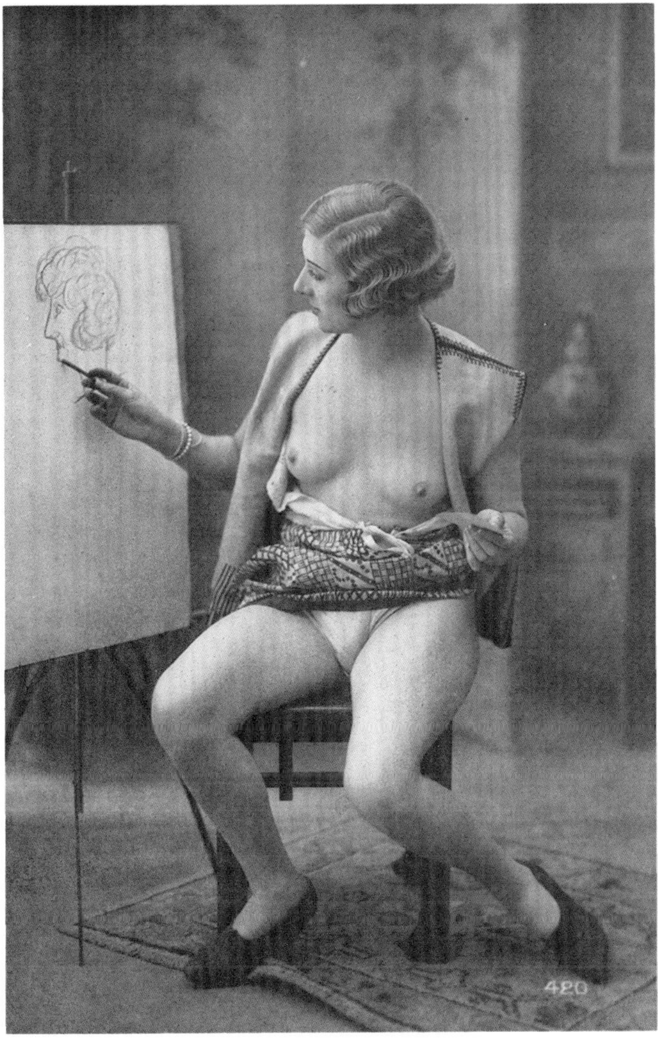
420

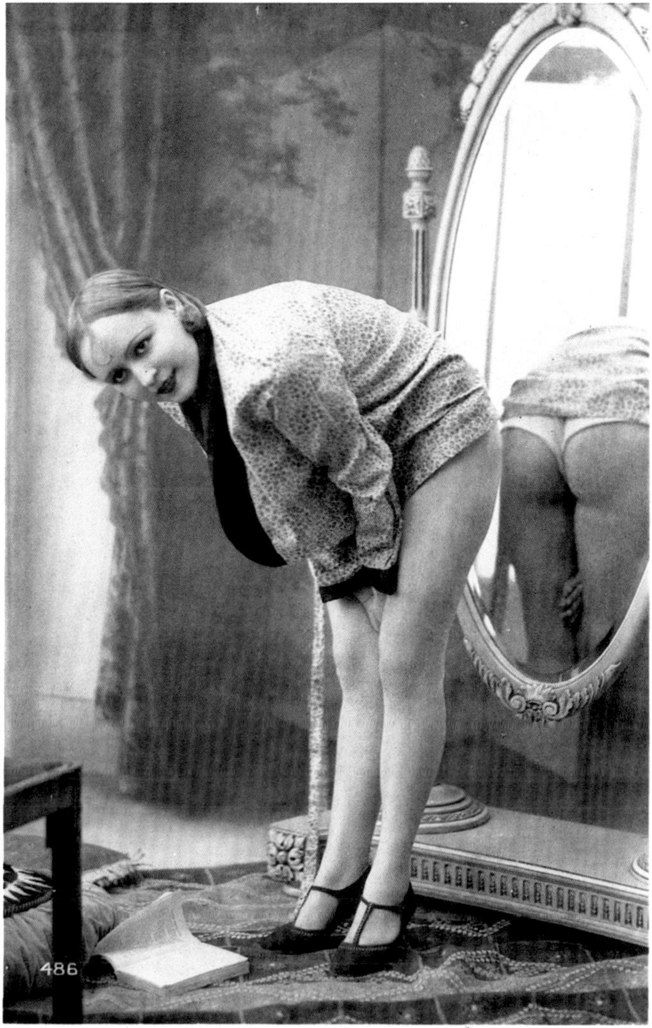
486

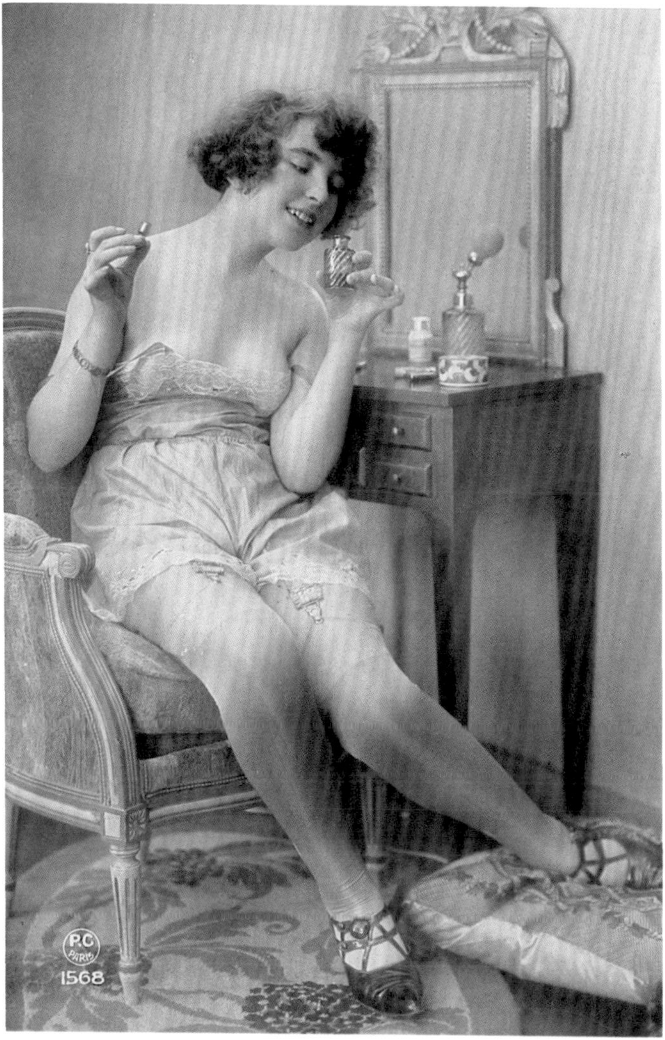
P.C
PARIS
1568

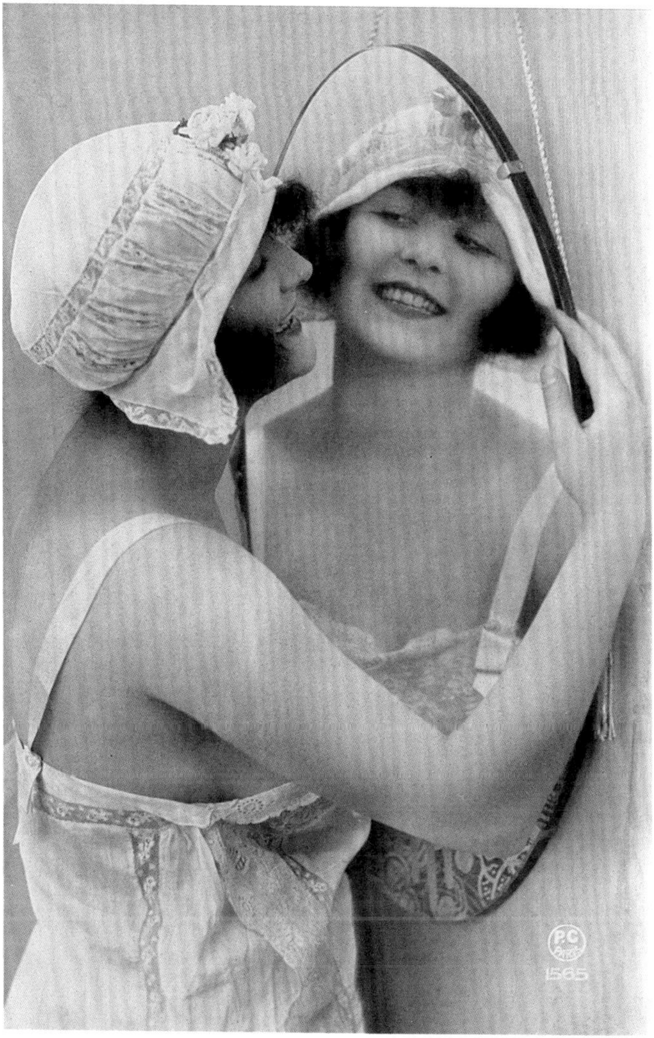
P.C
1565

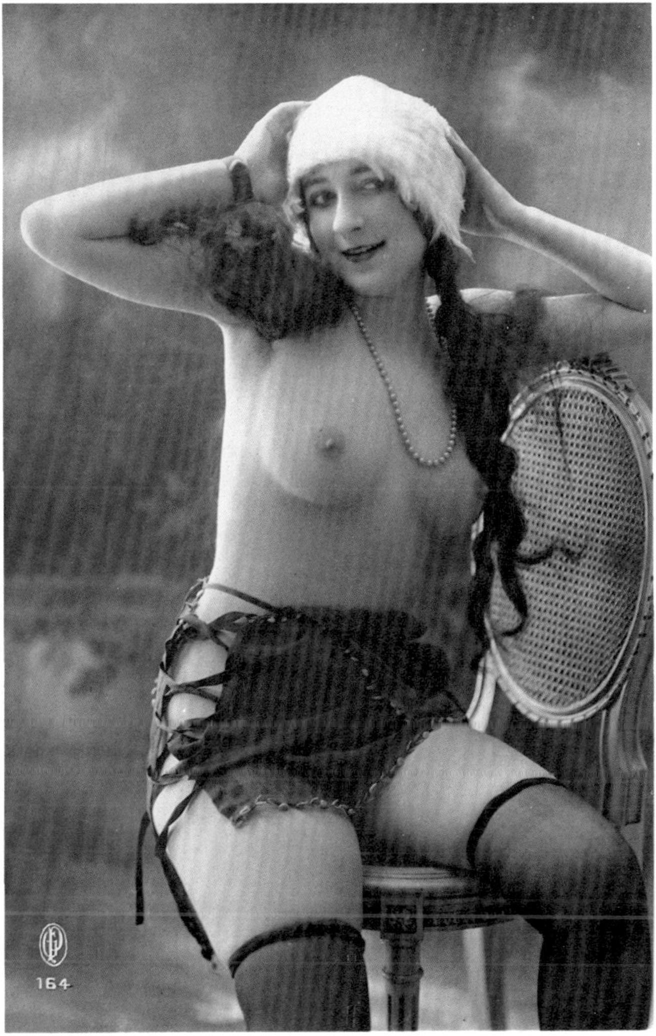
164

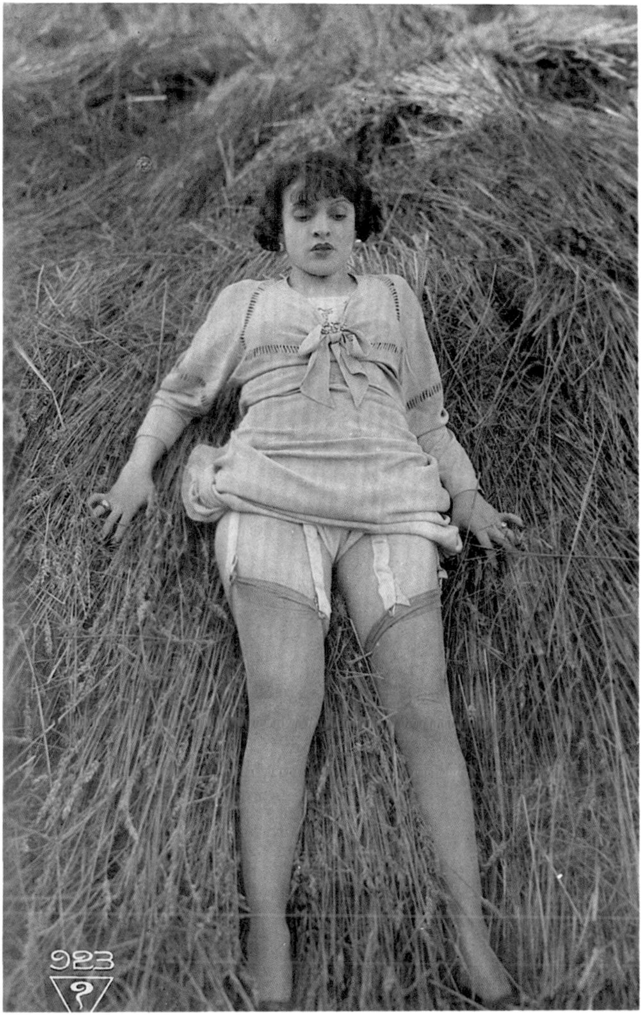
923

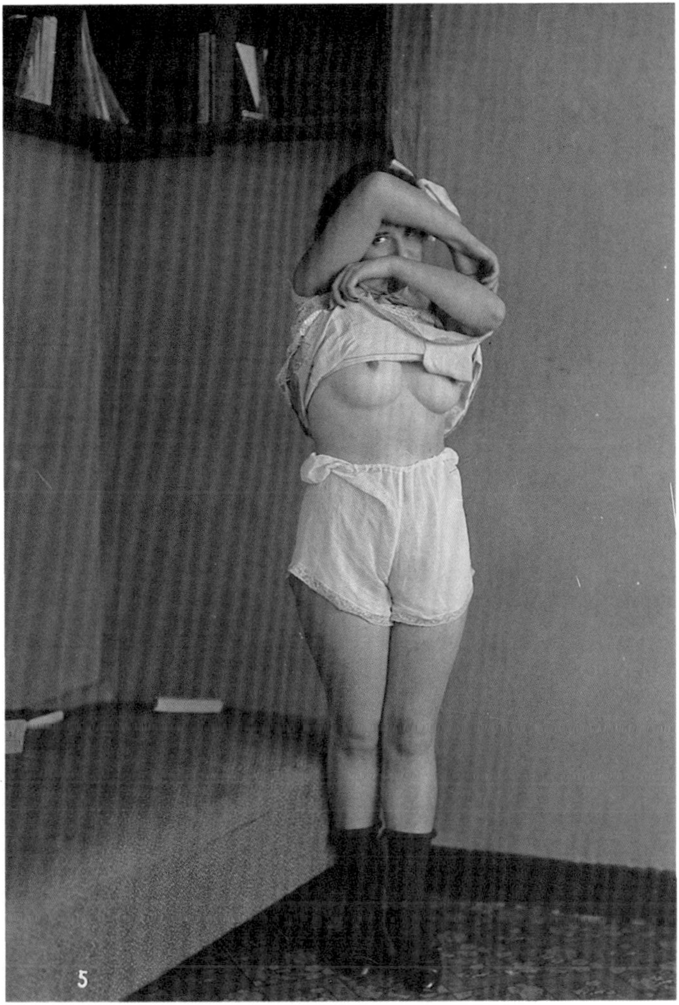
5

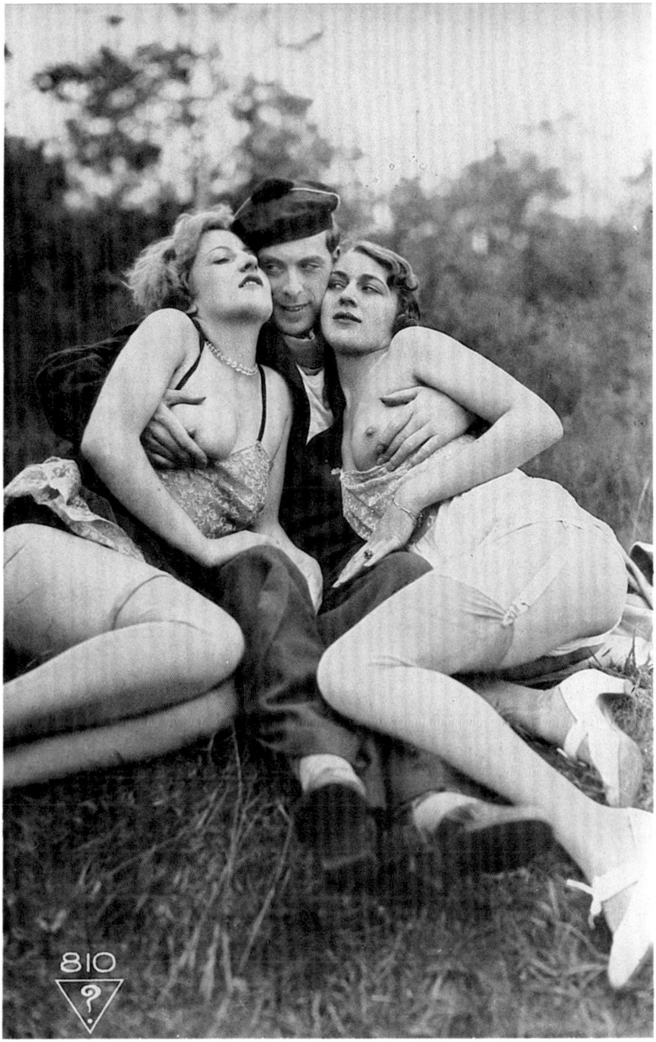
810

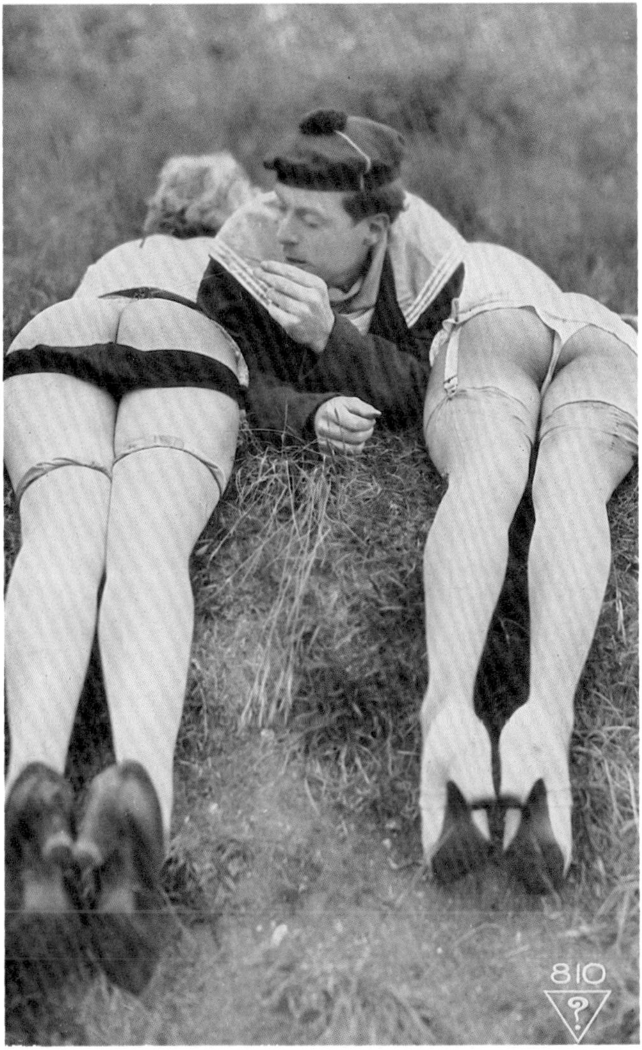
810
?

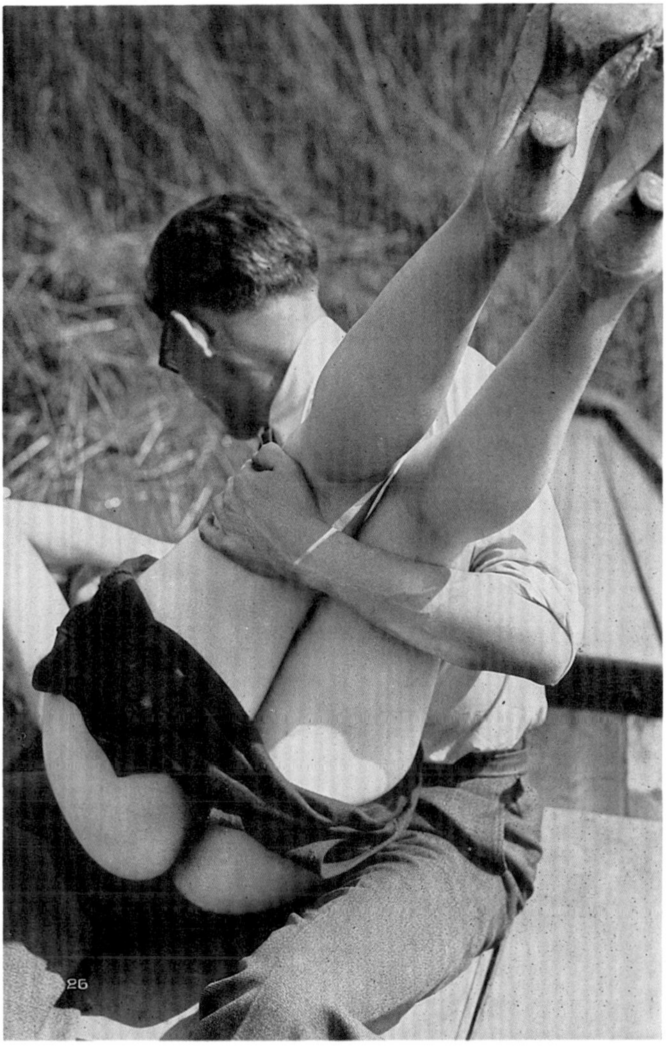
26

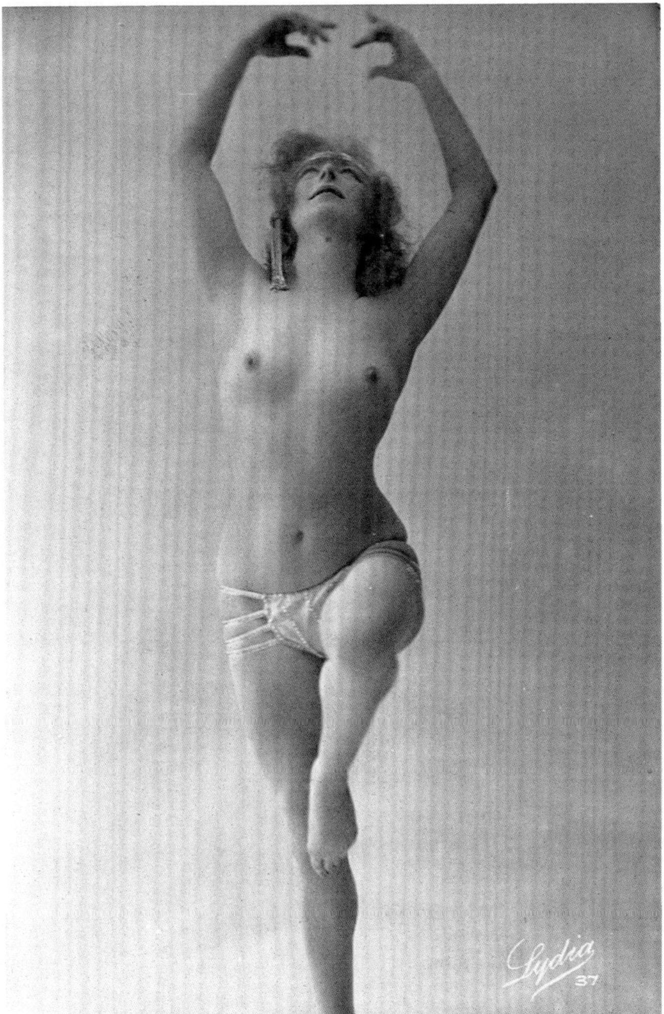
Lydia
37

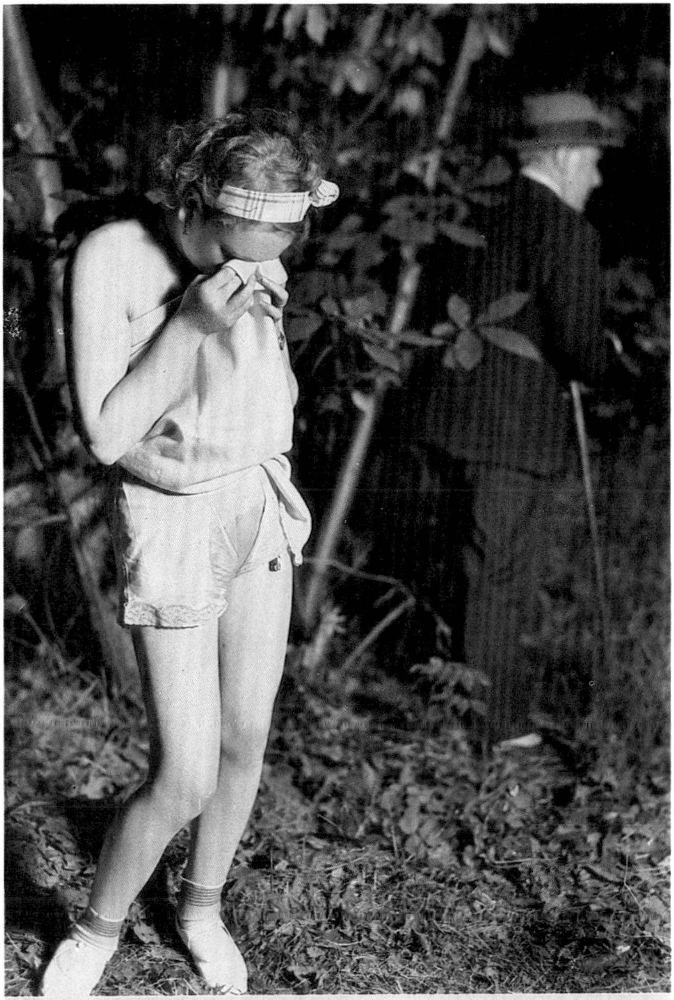

5 Pauvre petite fille à qui on a tout pris !

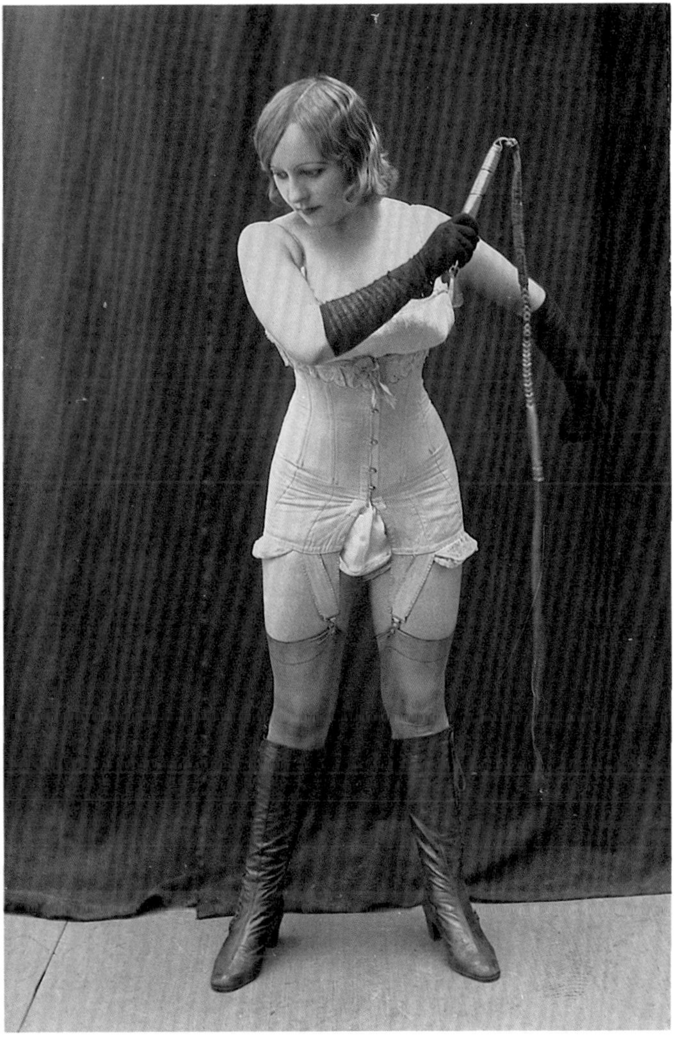

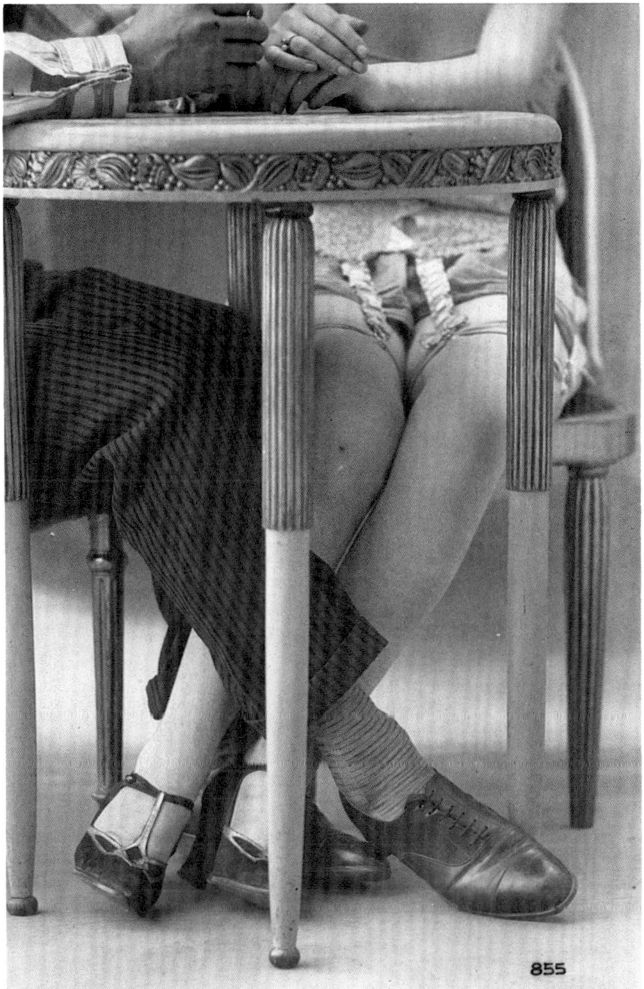
855

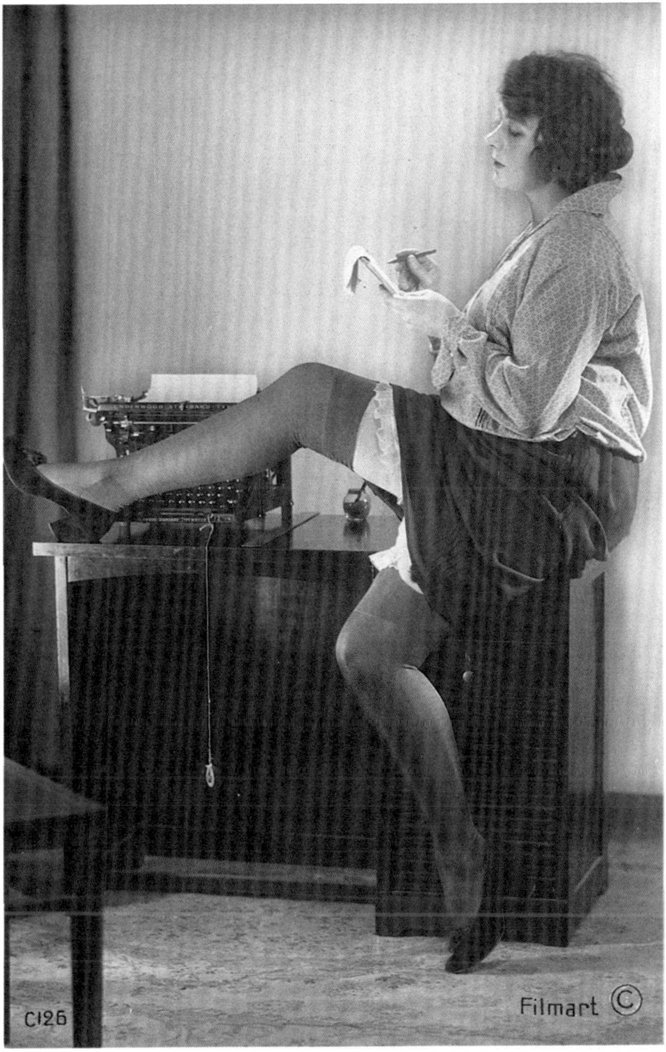
C126
Filmart ©

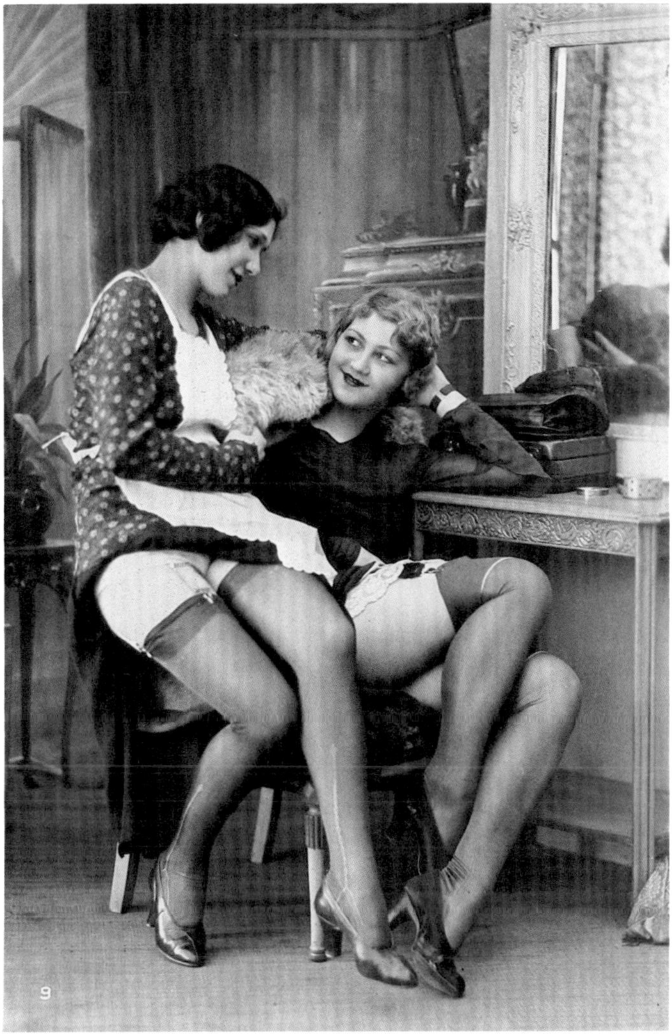
9

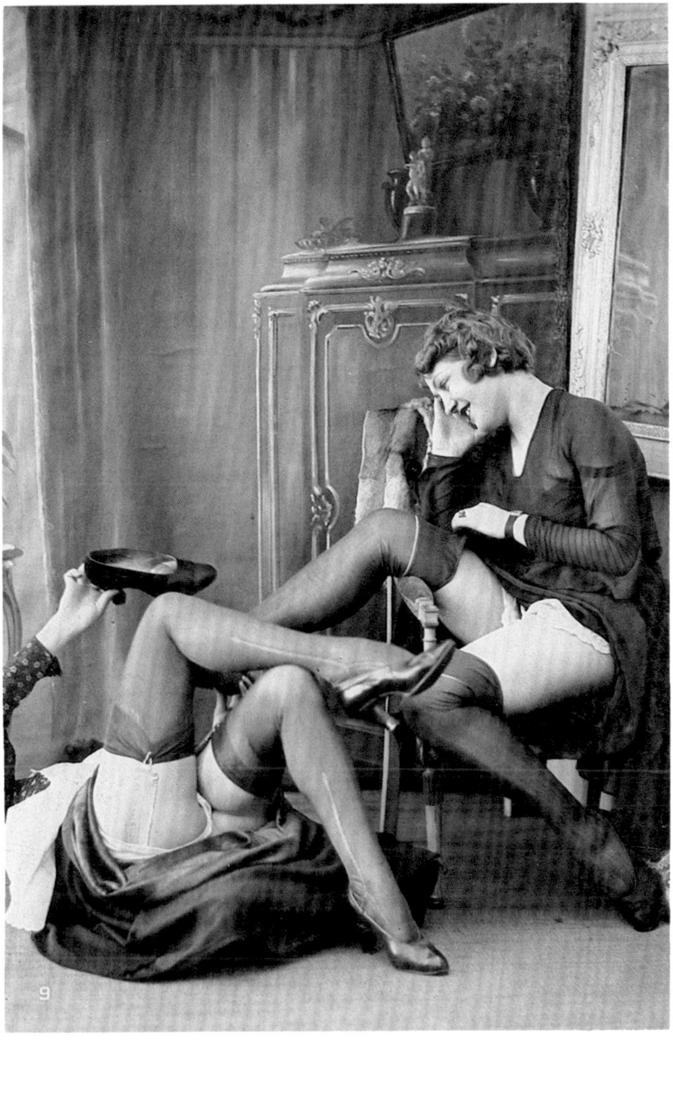

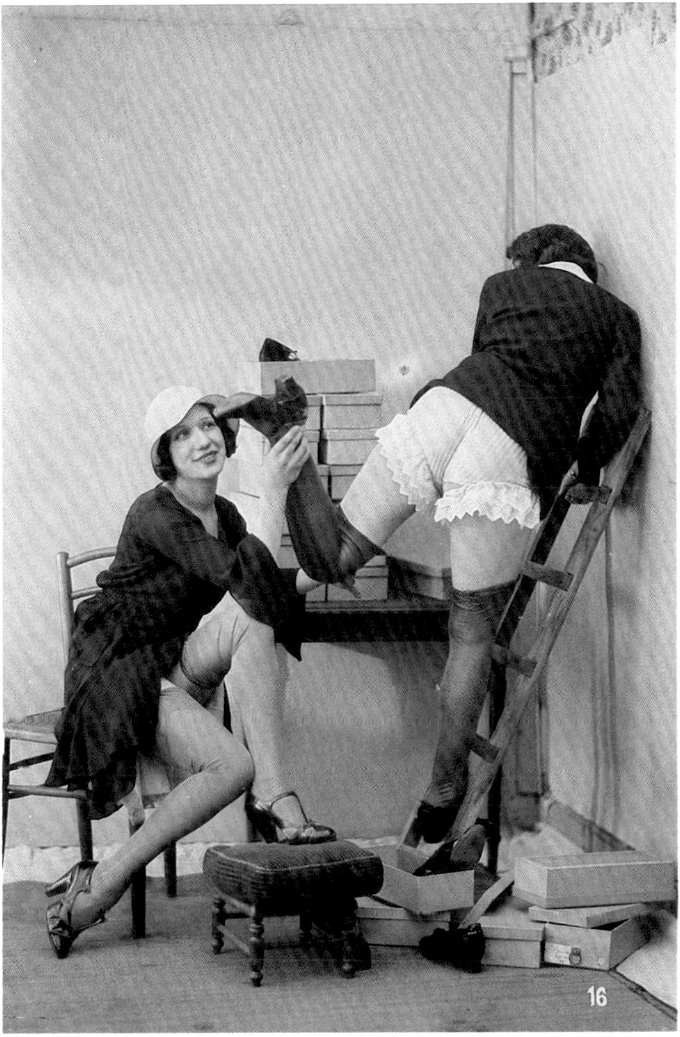
16

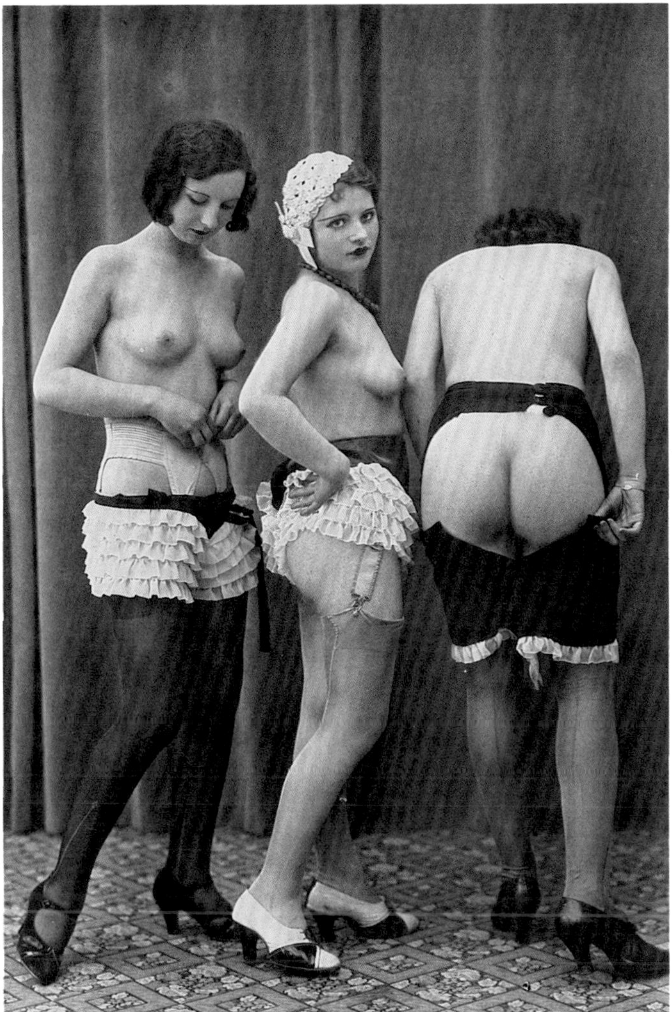

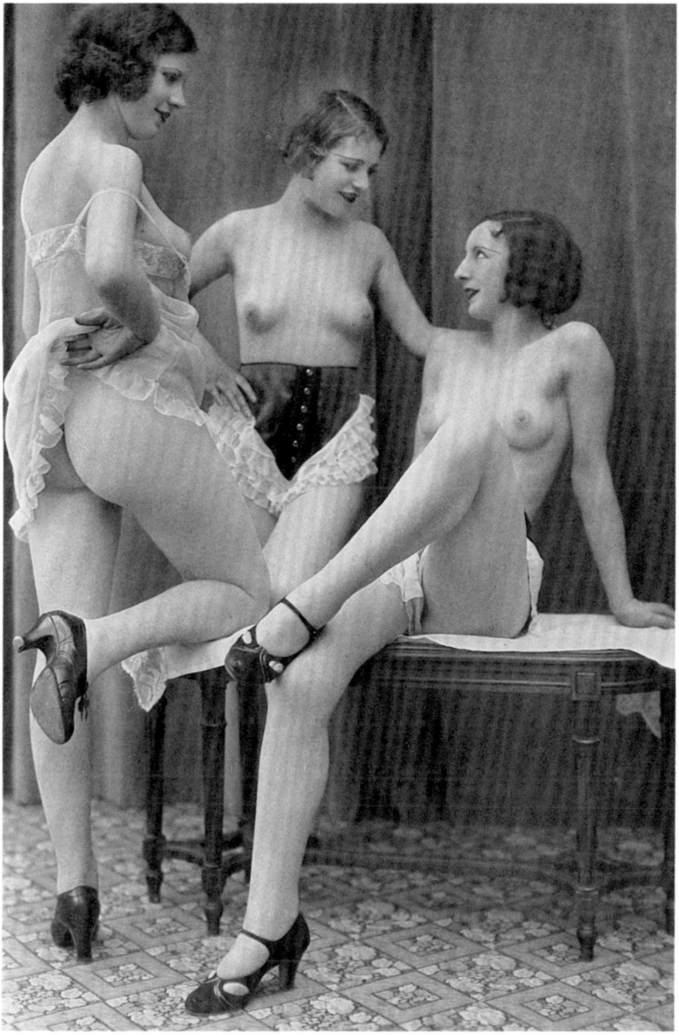

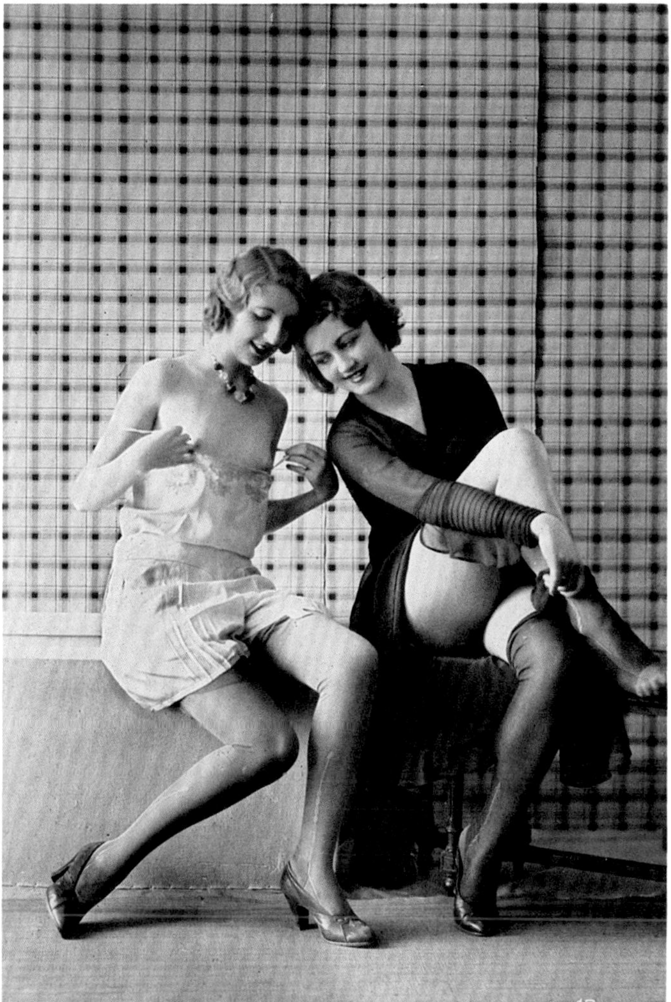
13